Einaudi. Stile Libero

Dello stesso autore nel catalogo Einaudi

Notti in bianco, baci a colazione
Sono puri i loro sogni
La vita fino a te
L'invenzione di noi due
Il tempo di tornare a casa

Matteo Bussola

Il rosmarino non capisce l'inverno

Einaudi

www.einaudi.it

ISBN 978-88-06-25448-3

Il rosmarino non capisce l'inverno

a te che cadi, ma non resti lí

A unire il cuore delle persone non è soltanto la sintonia dei sentimenti. I cuori delle persone vengono uniti ancora piú intimamente dalle ferite. Sofferenza con sofferenza. Fragilità con fragilità.

HARUKI MURAKAMI, *L'incolore Tazaki Tsukuru e i suoi anni di pellegrinaggio*

A cosa pensa una donna quando lascia qualcuno? Quando si innamora senza scampo? Quando non viene ritenuta all'altezza, quando le dicono che è troppo o troppo poco, quando le sembra di non capire una figlia, o una madre, quando comprende la fragilità di un padre, quando rifiuta destini già scritti o quando invece li accoglie, quando cerca di cavare il meglio che può dal poco che ha, quando viene ferita, tradita, umiliata, derisa, quando si ammala e il mondo la ignora o quando ha paura e nessuno la sente? Quando è triste o felice o arrabbiata o risoluta o crudele? Quando è accudente come una nonna oppure spietata come un nemico? Quando fin da piccola viene educata alla colpa, alla vergogna, a essere soppesata da occhi estranei, quasi che il suo corpo e la sua vita non fossero mai davvero suoi, ma sempre anche di qualcun altro? Quando si deve giustificare per la voglia di fare sesso o per quella di non volerlo fare? Quando deve soddisfare aspettative, aderire a immaginari, quando è troppo magra o troppo grassa o troppo giovane o troppo vecchia o troppo ignorata o troppo guardata e però mai, mai davvero vista? Quando si accorge che la maggior parte degli incontri è come il tramonto in autunno, dove una volta sparito il sole tutto si raffredda velocemente? Quando non si fida piú delle promesse? Quando non si arrende nonostante questo? Quando non crede alla vita dopo la morte ma vede invece la morte dentro ogni vita, come se tutto fosse sempre sul punto di cadere, nell'apparente fissità dei giorni?

A cosa pensa una donna quando, assordata dalle voci di tutti, capisce all'improvviso di avere soffocato la propria? Di non essersi mai davvero prestata ascolto?

Cos'hai pensato, tu, la mattina o il pomeriggio o la notte in cui, per la prima volta, lo hai capito?

Margherita

(Speravo di non trovarti ancora qui)

È un sabato di ottobre, sono le quattro del pomeriggio, il cielo trattiene una pioggia che non vuole saperne di venire giú. È un peccato, penso, la pioggia le sarebbe piaciuta.

Ho parcheggiato vicino agli alberi in fondo, dietro una vecchia Punto bianca da cui sono scese, con aria trafelata, una signora di mezz'età e una ragazza con un'esplosione di treccine in testa. Le ho viste piú di una volta in reparto.

– Dài, *maman*! – dice la ragazza.

Dall'altro lato della strada una giovane incinta, con una pancia enorme, si affretta assieme a una donna castana sulla quarantina, in mezzo a loro una bambina bionda di quattro, forse cinque anni, che entrambe tengono per mano. Riconosco la giovane, lavora come receptionist all'ospedale, non immaginavo che si conoscessero bene. Non abbastanza da trovarla qui, almeno. Ogni tre passi la piccola solleva i piedi da terra e prova a dondolarsi fra le braccia delle due, quasi fossero le corde di un'altalena.

– Adesso basta, su, – le dice la donna. La giovane incinta, invece, guarda la bambina con una tenera condiscendenza, lasciandosi sfuggire un mezzo sorriso: forse osservarla che gioca le pare un affaccio momentaneo sul futuro. Mi passano di fianco, rallento per spegnere la suoneria del cellulare nella borsa, la giovane e io ci scambiamo un cenno con la testa.

– Ci siamo quasi, eh? – dico.

– Sí, – dice lei, accarezzandosi la pancia.

Non posso fare a meno di pensare a quanto l'inizio e la fine, nelle nostre vite, convivano separati da una linea sottilissima. Come questo cancello arrugginito che divide chi resta da chi si congeda. Lo supero, entro nel piazzale davanti al sagrato.

Di solito non vado mai ai funerali dei malati che seguo. Perché parte del mio lavoro, va detto, ha a che fare con il riuscire a mantenere un certo equilibrio emotivo, persino con la pratica di piccole forme di distacco: non puoi concederti il lusso di vivere ogni percorso clinico come una storia personale. L'empatia è sempre in agguato, pronta a farti a brandelli.

Stavolta è diverso.

Lei è stata la mia ultima paziente.

Mentre cammino verso le scale, torno con la mente alla prima.

Ho dieci anni, sono appena arrivata da scuola, getto la cartella rossa sulla poltrona color senape, mangio in fretta e subito scappo a casa sua, nell'appartamento sopra il nostro. Entro nella stanza dalle persiane sempre socchiuse e la zia è lí, nella penombra, in attesa. La tiro un po' su, bilanciando il peso sulle mie gambe magre, la aiuto a prendere le medicine, le cambio le calze e le massaggio i piedi duri e gelati. Mi fermo a parlarle, la ascolto anche quando le esce appena un filo di voce. Mi occupo di ciò che c'è da fare, di quello che è alla portata delle mie capacità di bambina. Lo faccio con dedizione, lo faccio quasi ogni giorno, concedo respiro allo zio e alla mamma, mi sento buona e amata. Una brava bambina diligente. Sono gli occhi liquidi e colmi di gratitudine della zia, la sua mano tremante che mi carezza il viso, il suo tono flebile nel dire «Margherita mia», a confermarmi che questa è la mia vocazione, che per combattere i mostri ci vogliono quelli come me. Anche se c'è un mostro che alla fine vince sempre.

Quando la zia muore, io ho dodici anni e mi sento di colpo sola. Non è soltanto la tristezza per la sua morte, non è il fatto che eravamo amiche. Mi manca sentirmi utile, necessaria. Mi manca il calore che deriva dal poter lenire e offrire conforto, l'ammirazione negli occhi delle persone che mi facevano sentire una bambina cosí speciale. Adesso, sono solo una bambina qualunque. Rivoglio tutto indietro. La scelta mi appare ovvia, il liceo non sarà che un passaggio, un ostacolo da togliersi dai piedi.

Mio padre preferirebbe medicina, chirurgia, addirittura, infine capisce e approva: io non cerco la verità del sangue, il potere di aggiustare i corpi, ma quello di riuscire a farli stare meglio durante il decorso ospedaliero, nel mezzo del guado della malattia, quando persone già fragili si vergognano per un lenzuolo bagnato d'urina o sporco di vomito, se vedono intaccata la propria dignità.

Per questo divento infermiera oncologica. Sentendomi nel posto giusto, orgogliosa per la mia scelta, sostenuta dallo sguardo fiero dei miei genitori e con zia Katia a vegliare su di me. Qui imparo finalmente i modi per alleviare sofferenze come la sua. Lo faccio per molto tempo, pure se certi giorni sono peggio dell'inferno. Credo di avere ogni cosa sotto controllo. Fino a che, due anni e mezzo fa all'incirca, non incontro lei.

Siamo alla fine di marzo, o all'inizio di aprile, ma l'inverno non molla la presa. È stata ricoverata per l'asportazione di un tumore al seno, il decorso procede bene, soprattutto in considerazione della sua età. Sento i suoi occhi addosso mentre armeggio con la sacca della flebo.

«Perché lo fai?» mi chiede.

«Perché altrimenti rischia di infettarsi», rispondo d'istinto, pensando si riferisca all'agocannula che le sto cambiando.

«Ma no, sciocchina, – sorride. – Intendevo questo lavoro. Si vede che ti fa star male, allora perché lo fai?»

È un quesito diretto, elementare, che meriterebbe una risposta altrettanto chiara. Ma è una domanda che non mi ha mai rivolto nessuno. Soprattutto, nessuno si è mai permesso di dubitare delle mie motivazioni, o di insinuare che io sia poco adatta. Forse per questo la domanda mi colpisce con violenza. Forse per questo, per la prima volta, sento aprirsi una piccola crepa nella narrazione apparentemente perfetta e priva di sbavature che è stata la mia vita fino a lí.

Non serve a niente schermirmi, fingere che la sua osservazione non mi abbia toccata, intaccando la mia risolutezza. Non serve uscire dalla stanza, farmi sostituire al turno successivo, solo per poi rivederla il giorno dopo e incontrare, ancora, quel suo sguardo di affettuosa attesa.

«Faccio questo lavoro perché l'ho scelto, signora, – dico infine, cercando il tono piú sereno possibile. – Perché ho fatto una promessa. E non sono abituata a scappare solo perché le cose sono troppo difficili».

Mi abbasso su di lei per prenderle la temperatura, una porzione del mio viso si riflette in un piccolo specchio che tiene sul comodino, accanto a un origami che sembra una primula, osservo la mia espressione tirata e già stanca alle otto del mattino. Chi è quella?, mi domando per un istante. Lei mi accarezza la guancia senza neppure chiedermi il permesso, come fanno le madri con le figlie. O le zie con le nipoti.

«Ma non puoi nemmeno rovinarti la vita per una promessa, – dice. – Neanche se quella promessa l'hai fatta a te stessa».

Credi di avere tutto sotto controllo.

Pensi di essere nel posto giusto, nel pieno del tuo potenziale, a fare quel che vuoi. E poi basta una cosa cosí, bastano una domanda e due parole dette da un'estranea. E di colpo, nel riflesso impietoso di uno specchietto su un comodino, ti sembra di scorgere un viso che non riconosci piú, accanto a un piccolo fiore di carta giallo.

Oggi invece niente fiori.

Niente corona funebre, niente ghirlande commemorative. Appena poche piante in vaso. Ciò contribuisce a rendere la situazione un poco surreale. Ma siamo in molti, piú di quanti mi sarei aspettata. Sarebbe piú giusto dire molte, visto che siamo quasi solo donne. A una prima occhiata, poche sembrano conoscersi, non ce n'è una che parli con le altre. Magari è il pudore che il contesto richiede. Però, se siamo qui, significa che siamo state tutte toccate, in un modo o in un altro, dalla sua maniera accogliente di stare nel mondo.

Fra le donne presenti, ce ne sono alcune di cui mi ricordo bene.

C'è quella che doveva essere una cara amica, era spesso lí a portarle di nascosto bicchierini di cioccolata calda, sebbene fosse vietato, come le bambine che rubano la marmellata e sono convinte che nessuno lo sappia. Tiene forte il guinzaglio di un cane enorme, in apparenza male in arnese: le sta seduto di fianco che pare una sentinella, in silenzio, quasi a sottolineare la solennità del momento. Poco distante c'è la signora un po' curva alla quale era difficile far comprendere il concetto di «orario delle visite» quando saliva a trovare suo marito. Un giorno si sono incontrate e si sono conosciute cosí, chiacchierando in corridoio, fuori dalla stanza di lui, specchiandosi l'una nel dolore dell'altra. Oggi quella donna stringe fra le mani una busta gialla, sembra animata da una percepibile urgenza.

Non me la sento di avvicinarmi a nessuna delle due. In situazioni tipo questa, vengo spesso guardata come avessi la colpa di ricordare ad amici e parenti i momenti peggiori, con la mia semplice presenza. Lo capisco. Ma oggi non potrei farcela a sostenere quegli occhi. Non ce la faccio piú a fare tante cose. Lei lo comprese con chiarezza al suo secondo ricovero, due mesi fa. Quando, dopo averla graziata una prima volta, il mostro ritornò piú forte che mai.

«Speravo di non trovarti ancora qui», dice sorridendo, mentre chiudo le tende per non farle arrivare troppo sole.

«Potrei dirle la stessa cosa, – rispondo. – Come si sente, oggi?»

«Come una che è tanto stanca, – dice lei. – Ma anche priva di rimpianti, perché alla fine ho vissuto due vite piene».

«Due vite?»

Tossisce, indica l'acqua sul comodino, gliene verso un po' in un bicchiere di carta.

«Be', sai, – dice bevendo un sorso, – a volte ci sono cose che facciamo perché dobbiamo. Altre che invece facciamo perché vogliamo. Quasi fossimo abitate da due anime diverse. Di solito fare quello che vogliamo è un atteggiamento piú frequente nella nostra giovinezza, insomma nella prima parte della vita. Io invece ho invertito l'ordine degli addendi, diciamo».

«Non capisco».

«Allora ti auguro di capirlo presto».

«Eh? In che senso?»

«Ma no, niente, lascia stare, sono gli ultimi vaneggiamenti di una signora anziana». Mi passa il bicchiere.

«Eh no, non se la cava cosí», le sorrido. Mi sorride.

«Cara, vedi, il fatto è che spesso siamo i nostri peggiori nemici, – dice. – Perché preferiamo fare quello che ci riesce, o ciò che le persone che ci amano si aspettano da noi, piuttosto che fare quello che ci piace davvero. Preferiamo sentirci adatti a un ruolo già scritto, andare sul sicuro. E alla mia età posso dirtelo serena: è un gran peccato».

La guardo per qualche secondo.

«Non fraintendermi, – dice. – Tu sei bravissima nel tuo lavoro, sai? Sei professionale e carina, ma quella che entra qui tutte le mattine chi è? Quale delle due?»

«Delle due? Delle due, chi? – dico infastidita. – E poi perché si preoccupa tanto? Perché si interessa del mio lavoro?»

«Perché, l'interessamento dev'essere a senso unico? Solo tu puoi prenderti cura di me?»

«Be', l'infermiera sono io».

«E questo stabilisce parti impermeabili? Se tu sei quella che cura, allora credi di non poter stare male? Di non dover avere mai bisogno di aiuto?»

«No, cioè, io non...»

«Perdona la mia invadenza. È la morfina che mi scioglie troppo la lingua, scusa».

«Ma no, si figuri. Anzi, mi scusi lei per essere scattata cosí».

«È probabile che sia il senso di colpa a farmi parlare».

«Senso di colpa per cosa?»

Si gira in direzione delle tende, una sottile lama di luce le percorre in verticale il viso, dalla fronte al mento, dividendolo esattamente in due.

«Ho una figlia della tua età».

«Una figlia? – dico. – Sapevo che ha una madre molto anziana, ma non una figlia. Non l'ho mai vista, qui».

«Né la vedrai, temo».

«E perché? – chiedo. – Se posso permettermi».

«Perché vive rinchiusa nella sua rabbia, – dice. – Ed è tutta colpa mia».

«Mi dispiace».

Ci fissiamo in silenzio.

«Però, continuo a non capire cosa c'entri sua figlia con me, – dico. – Solo per l'età?»

Si volta verso di me.

«Forse sí, ma alla fine non è importante. È solo che, magari, ogni tanto, ci illudiamo di salvare chi amiamo provando a salvare qualcun altro che ce lo ricorda, tutto qui. Ma le persone perdute restano perdute. E noi restiamo noi, disperati e alla ricerca di un'infinita redenzione, di una felicità uguale a quella di prima. Che non arriverà».

«Mi scusi, – dico, – e da cosa avrei bisogno di essere salvata, io?»

«Forse da niente, – dice. – Forse da te stessa. Forse la rabbia non è l'unica gabbia dentro la quale si può rimanere prigionieri. Il senso di responsabilità, il timore di deludere o ferire chi ci ama, possono essere anche peggio. Io ho fatto esperienza di entrambi, per questo so riconoscerli negli occhi delle persone».

Basta questa frase, e sento la mia intera vita traballare, come un castello di carte quando qualcuno scuote il tavolo.

Pensi che a te non succederà mai.

Credi di sapere chi sei, lo hai sempre saputo, hai cominciato presto a nutrire i tuoi obiettivi e ti sei costruita con cura, un pezzettino per volta. Sei convinta che questo ti terrà al riparo da tutto. E invece, in un pomeriggio di metà agosto, capisci che non stai combattendo i mostri, ma che il tuo mostro ha divorato te.

Rifletto sulle sue parole e mi rendo conto che a portarmi qui, a trattenermi negli anni, è stata quella bambina che credeva di poter essere amata solo facendo la brava, quella che esisteva esclusivamente attraverso l'approvazione degli altri, tormentata dalla folle e inconfessata paura che, se avesse smesso di compiacerli, il loro amore sarebbe scomparso. Quella che non si era mai concessa la possibilità di fare una cosa sbagliata, di correre un rischio, di accettare di sentirsi sola o spaesata. Quella che adesso, d'un tratto, in una camera d'ospedale, davanti a una donna vicina alla fine, si accorge di aver scalato una montagna che non era davvero la sua.

Un paio di occhi buoni indirizzano la mia vita la prima volta.

Altri due occhi buoni, quella mattina, me la cambiano in un attimo.

Ecco perché oggi sono qui.

Le mie dimissioni sono state accolte proprio ieri, so che lei ne sarebbe stata contenta. Al contrario, non so che sarà di me, da qui in avanti, ma finalmente mi merito anch'io un secondo tempo in cui sfuggire ai piani, nel quale provare a sabotarmi e sorprendermi, in cui essere meno aderente alle aspettative e piú aperta al nuovo. E questa nuova me non deve piú proteggersi da niente. Di certo, non lo deve fare dal poter dire addio a una persona speciale. Alzo la testa e ricomincio a guardarmi attorno.

La volontaria del centro di accoglienza che veniva a trovarla mi saluta da lontano. Con lei c'è un ragazzo africano che avrà la metà dei suoi anni, ogni tanto l'ha accompagnata in corsia, mi sorride pure lui come se mi conoscesse da sempre. Sorrido controvoglia, non mi va di ricambiare saluti, sono qui per salutare solo lei. Decido di mettermi in disparte, vicino ai gradini, per non correre altri rischi. Una donna elegante ha la stessa idea e mi si piazza davanti. Indossa un tailleur da ufficio, ha un'aria familiare, mi pare di averla incrociata in stanza un paio di sere. Tiene in mano un piccolo vaso di ceramica bianca. Il vaso contiene una piantina con foglie strette e lunghe, innervate da piccoli fiori viola. Sembra una pianta di rosmarino. Che bizzarria, presentarsi a un funerale cosí. Ma ci sono molte persone particolari, oggi, cosí diverse per aspetto ed età. C'è perfino una nota scrittrice, Brunella Pierconti. Sono sorpresa di vederla, chissà come si saranno conosciute.

Cerco con gli occhi la madre, sebbene non l'abbia mai vista. Dall'ospedale le ha telefonato fino all'ultimo, pure quando non riusciva quasi a parlare, anche se sapeva che ormai, a causa dell'Alzheimer, non la riconosceva piú. Individuo due signore molto anziane ai lati opposti del sagrato, sono entrambe in carrozzina. Una è vicina al portone, accompagnata da una giovane donna dall'aria triste, l'altra invece è piú in fondo, accanto a una signora sui sessanta che pare portarsi addosso tutta la stanchezza del mondo. La prima indossa una lunga gonna viola di fustagno e un golfino di cotone grigio, nei quali sembra essere stata infilata a forza, quasi non fossero vestiti suoi. «Mimmi, dove sei?» continua a ripetere. Quando lo chiede, la giovane donna dall'aria triste si piega su di lei, le bacia la testa. – Mimmi, sei tu? – dice allora la signora, prendendole la mano senza girarsi, d'un tratto pacificata. La seconda signora, invece, si tocca di continuo i capelli bianchissimi e sottili, raccolti in una lunga coda, e piange percorsa da brevi singhiozzi che la fanno tremare. Se continua, finirò col piangere anch'io.

Mi accorgo che una donna mi fissa.

Si toglie il berretto, scopre la testa, adesso la riconosco. Ha ultimato il secondo ciclo di chemio da poco, proprio nel mio reparto, non dev'essere stato facile per lei venire qui. Non tanto per le sue condizioni fisiche, che al netto dell'evidente calvizie sono piuttosto buone. Ma è che quando saluti per l'ultima volta una persona morta per la tua stessa malattia, a maggior ragione se è successo per un'improvvisa recidiva, accade che una parte di te si senta in colpa. Perché nelle statistiche sei tu quella nella curva dei sopravvissuti. Un'altra parte, invece, la vive come una specie di oscuro presagio. Viene verso di me, mi casca addosso in un abbraccio morbido, dagli auricolari che ha affondati nelle orecchie sento uscire *Everything* di Alanis Morissette. Vorrei dirle del mio licenziamento, non lo faccio. Stiamo cosí per un po', senza dire niente, fino a che non li vediamo arrivare.

La macchina nera entra dal cancello e si ferma davanti al sagrato.

Ne escono due tizi vestiti in abito scuro. Uno apre il baule, il secondo chiama un altro paio di uomini. In quattro alzano la cassa sulle spalle per portarla dentro, il resto di noi rimane in attesa.

Solo allora la noto.

In fondo al piazzale, un velo di pizzo nero sulla faccia come le vedove del Sud.

Avanza a piccoli passi, nel ticchettio delle sue scarpe color argento, dal tacco spesso, che risuonano sulla pavimentazione di pietra bianca. Si guarda attorno con cautela, si ferma lontano da tutti.

So chi è, riconosco la fisionomia e l'incedere, l'ho vista troppe volte in oncologia. È talmente minuta, oggi lo sembra ancor di piú. Quando faceva le notti per vegliarla stava per intero raggomitolata nella poltrona grigia, accanto al suo letto, nonostante l'età. Spesso dormiva tenendole la mano.

Mentre la bara mi sfila davanti, seguita dalla folla, penso di andarle incontro. Vorrei offrirle un braccio, un sostegno, non lasciarla sola, ma la giovane donna dall'aria triste si muove per prima. Si abbassa rapida sulla signora anziana accanto a lei, le dice: – Stai tranquilla, torno subito, – poi attraversa il piazzale a lunghe falcate, mi affianca, mi lascia indietro. Io mi fermo lí, in attesa, come avessi il presentimento di una catastrofe imminente. Osservo la ragazza percorrere gli ultimi metri correndo, infine quasi avventarsi sulla donna con il velo nero.

– E tu che ci fai, qui? – le dice a voce alta. – Questo non è il tuo posto!

La donna solleva il velo, scopre un viso rigato di lacrime, l'altra ha un sussulto.

– Hai ragione, – le sento dire in risposta. – Ormai il mio posto non c'è piú.

Aurora

(Anche a inciampare si fa un passo avanti)

Ho un nome da principessa delle favole, ma principessa non mi sono mai sentita. Non mi sono punta con un fuso, non sono stata risvegliata da un tenero bacio, non ho avuto tre buone fate a vegliare sul mio destino, nessun principe azzurro a salvarmi, nemmeno da me stessa. Però avevo solo tredici anni la prima volta che un padre mi ha detto di vergognarmi per com'ero vestita, e non era neanche il mio. Lo disse lasciando intendere che il mio corpo era una cosa che lo riguardava, di cui dovevo rendergli conto, come se la sua approvazione di maschio dovesse orientare le mie possibilità. Sua moglie, la mamma di Gaia, mia compagna di classe, invece di zittirlo rincarò la dose. Forse è stato lí che ho cominciato a capire che l'essere genitore non ti trasforma in automatico in una brava persona. E che l'avere tredici anni non ti mette in salvo da niente.

Sarebbe una buona scusa, per chi pensa che ogni rinuncia debba trovare spiegazione in una frattura, tipo quando si ha paura di ballare perché in passato ci si è rotti la caviglia. Ma le mie caviglie stanno benissimo, e io non ho mai dato troppo peso ai giudizi altrui.

Mi chiamo Aurora, ho trentanove anni e non voglio avere figli.

Non ho alibi o traumi alle spalle per giustificare la mia decisione. È cosí e basta.

Quando lo dico, mi guardano come se fossi quella strana, anticonformista per copione, egoista per convenienza. Nel migliore dei casi, sono una che reprime il suo istinto materno perché ha avuto un rapporto conflittuale con la sua, di madre. La verità è che ho avuto due genitori amorevoli e presenti, che mi sono stati accanto nei momenti di gioia e in quelli bui. Ho della mia vita da bambina ricordi talmente teneri da poter affermare che, se c'è, la mia unica ferita può esser stata solo la felicità vissuta con mamma e papà. Perché so bene che non potrei mai essere alla loro altezza. Non potrei eguagliare il loro dare in maniera inesauribile, il loro amore senza merito, la loro presenza costante ma non invadente. La volontà di concedermi spazio e autonomia, di spingermi sempre all'indipendenza, persino quando morivano di paura. Un'infanzia felice può essere la peggior preparazione al seguito.

– Sei solo spaventata da un impegno per la vita, – mi ha detto Giuliana a una cena fra amiche, con la sua aria da donna risolta. Avrei voluto ricordarle che il suo, di impegno, è il frutto di un fugace amplesso alcolico nel furgone di Carlo, dieci anni fa, alla fine del concerto dei Verdena, e che io me la ricordo bene, il giorno dopo, mentre in cucina urlava: «Cazzo, no! Con Carlo no!» Invece le ho risposto: – E quindi? – e lei mi ha guardata come se fossi una povera scema immatura, che aspira a una vita a metà. Le peggiori sono proprio quelle che cercano di trovare un senso a posteriori, e revisionano tutte le loro scelte fino a lí, quasi la vita avesse cospirato per renderle madri, dunque complete. Non puoi completarti come preferisci o, magari, desiderare di rimanere come sei. No, l'incompletezza è un diritto maschile; al contrario, se sei femmina, la Natura dovrebbe restare la tua prima regola. Pure se vai ai concerti dei Verdena, sei femminista intersezionale e la tua canzone preferita è *Razzi arpia inferno e fiamme*.

Mariachiara, invece, da che ha avuto Anita e Pietro, mi ripete che fare figli è un atto di fiducia verso il futuro. Io le rispondo che, sí, però è un atto di fiducia sulla pelle di qualcun altro. Poi c'è Maddalena, che mi dice: «Che spreco»; non lo dice a voce alta, lo dicono i suoi occhi, lo raccontano i suoi silenzi, lo testimonia il suo malcelato senso di ingiustizia – dopo che il cancro al seno e la chemio hanno compromesso la sua fertilità. Le regalerei la mia, se potessi. Anche solo per non sentirmi piú un'ingrata, per non essere piú considerata irriconoscente nei confronti del «dono piú grande», cosí lo chiama mia madre. Lo definiscono dono per convincerti che non puoi rifiutarlo. Come se una semplice possibilità implicasse una missione ineludibile.

A volte ho l'impressione che la mia scelta di non avere figli susciti in chi li ha una forma di gelosia: gelosia della mia libertà, del fatto che io non debba sopportare il peso dei compiti di cui i genitori devono farsi carico. Forse da lí nasce il muto rimprovero per non avere assolto al mio dovere, è il prezzo da pagare per non aver voluto la loro stessa fatica. Come se, a differenza di loro, qualcuno fosse riuscito ad avvisarmi in tempo del pericolo, a farmi uscire da una casa in fiamme, un attimo prima del disastro. So che è un'impressione crudele. Non posso farci niente.

«La maternità è un crimine» ho letto da qualche parte. Credo significhi che chiunque nasca è condannato a morire. Forse alla fine è tutto qui, per me: non accetto di mettere al mondo una vita che se ne andrà. Che dovrei difendere, tutelare, accudire per notti, mesi, anni. Che potrebbe essere vittima di violenze, abusata o stuprata o peggio. Su cui una parte di me dovrebbe vegliare per sempre. Non ce l'ho, questa forza. Non voglio starmene a guardare mentre il mio bambino, o la mia bambina, attraversa le sue inevitabili fragilità, mentre cade, fallisce o perde. Mentre non riceve amore dagli altri. Protesterei con rabbia contro il mondo indifferente al dolore della mia carne. Impazzirei. Mi infrangerei contro il mistero di una vita che nasce, e cresce, e che sarebbe sempre e comunque ciò che è, nonostante me, oltre me, al di fuori di qualunque apparente capacità di proteggerla.

Childfree, ci chiamano, perché c'è un inglesismo pronto a indorare ogni giudizio non richiesto. *Free* come fossimo del tutto libere, e invece siamo costantemente prigioniere dei pregiudizi, delle aspettative sociali, delle speranze mal riposte.

– E faccelo, 'sto nipotino, Rory! – dice mio padre ogni tanto, fingendo un tono scherzoso, – ormai siete sposati da cinque anni!

– Appena trovo uno che mi piace sul serio, pa', – rispondo io, poi bacio Filippo che scuote la testa e ridiamo tutti, a parte mamma.

Nemmeno papà riderebbe, se sapesse.

È stata una delle prime cose che Filippo mi ha confessato.

«Non posso avere figli», ha detto guardando fuori dalla vetrina del bar, mentre girava il suo caffè lungo. Era il nostro secondo appuntamento. Fissavo il suo profilo in controluce, il naso diritto, l'espressione seria ma per niente malinconica; ho bevuto un sorso della mia Coca e ho pensato: «ecco». Lo penso ancora oggi: quello è il momento in cui mi sono innamorata di lui. Non perché io abbia percepito che il suo limite combaciava con la mia scelta, o viceversa, quasi che entrambi fossimo la condizione per far sentire di colpo *adatto* l'altro, ma perché la sincerità sfacciata e inattesa, non richiesta, perfino quando avresti tutto da perdere, soprattutto allora, scatena in me un'attrazione istantanea, erotica, senza rimedio. Forse per questo me ne sono uscita con un: «Andiamo a casa mia?» che mi è sembrato, un attimo dopo averlo pronunciato, davvero inopportuno rispetto alla rivelazione di Filippo.

Lui ha smesso di girare il cucchiaino, lo ha estratto dalla tazzina, se lo è infilato in bocca, ha alzato gli occhi su di me. Era chiaro che non si aspettava quella domanda. Ci siamo guardati per qualche secondo, lui forse in attesa di un mio ripensamento o di un segnale di imbarazzo, io aspettando un suo sussulto di sconcerto. Non c'è stato niente del genere.

Non abbiamo neanche fatto in tempo a chiudere la porta che ci siamo spogliati e ci siamo rotolati sul letto, affamati l'uno dell'altra. L'abbiamo fatto una prima volta e poi abbiamo ricominciato, senza nemmeno tirare il fiato.

«Pensa se ti dicevo che ho pure la gamba sinistra piú corta della destra», ha detto lui dopo, mentre sulle lenzuola il mio sudore si confondeva col suo. Abbiamo riso a lungo.

Ridere è sempre un buon punto di partenza.

Naturalmente, non è che stia con Filippo per la sua condizione. Al limite, è la sua condizione ad avermi svelato il suo carattere. Per esempio, non posso negare di ammirare la sua serenità in merito, il fatto che per lui non poter avere figli non costituisca in alcun modo un *danno*, ma sia una semplice caratteristica da accogliere, non un attacco al suo essere maschio o roba simile.

Poi, certo, c'è il fatto che finché starò con lui so che non potrà succedere niente che violi la mia volontà di non diventare madre. Niente di imprevisto, almeno. E, finché lui starà con me, sa che non correrà mai il rischio di sentirsi in colpa, perché non mi sta sottraendo alcun desiderio.

Ci sono giorni in cui penso che stiamo insieme per proteggerci a vicenda, ciascuno custode del limite o delle scelte dell'altro. Ci teniamo reciprocamente al sicuro. Non è questo, in fondo, l'amore?

O almeno cosí ho sempre pensato, fino a quel venerdí.

Forse sbaglio a credere che ci sia stato un momento in cui davvero mi sono detta: potrei farlo.

Ma se devo indicarne uno, allora vedo Filippo giocare con Pietro sulla spiaggia.

Eravamo andati a Caorle per un weekend, a trovare Mariachiara e Bruno. Avevamo resistito alla loro offerta di ospitalità in casa – «Abbiamo una stanza in piú, certo, non c'è il bagno indipendente, ma se per voi non è un problema», aveva detto lei. La cosa del bagno era stata la scusa perfetta, e ci aveva permesso di preferire una camera in un hotel senza destare sospetti. Non era tanto una questione di privacy, è che volevo evitare di essere esposta al resto, ai capricci dei bambini, alla convinzione di Mariachiara e Bruno di doverci mettere a nostro agio per tutto il tempo.

In spiaggia, al contrario, stavamo insieme con piacere.

Mariachiara e io eravamo buone amiche ai tempi del liceo, avevamo ripreso a frequentarci da qualche mese, da quando lei era tornata in città. Era interessante notare in che modo certe nostre peculiarità avessero resistito agli anni. Lei sempre energica, solare, ciarliera, fiduciosa. Io piú riflessiva, ombrosa a tratti, quasi fossi ancora la ragazzina riservata dell'ultimo banco. Forse ci piacevamo proprio per questo nostro essere cosí diverse. «Siete come il dolce Remi e Dart Fener», ha detto un giorno Filippo.

Quel venerdí mattina Bruno si è allontanato sul bagnasciuga con Anita. L'ha sollevata sulle spalle ed è entrato in acqua insieme a lei. Filippo invece giocava sulla spiaggia con Pietro. Era la prima volta che li vedevo giocare. Era la prima volta che vedevo Filippo giocare con un bambino. Osservavo gli occhi del mio uomo, l'attenzione nei suoi movimenti, la dolcezza nei suoi gesti: non stava semplicemente giocando, si divertiva proprio. Rideva. Era calato in una dimensione di cui, fino ad allora, mi sembrava di essere rimasta del tutto all'oscuro. Faceva il solletico a Pietro, si lasciava seppellire con la sabbia, pareva quasi che quella situazione lo stesse risarcendo di qualcosa. Anche Mariachiara se n'è accorta.

– Certo che sono proprio belli, – ha detto.

– Sí, – ho risposto senza neanche pensarci.

Quando la sera abbiamo lasciato la spiaggia, non so se fosse piú nostalgico lo sguardo di Pietro o quello di mio marito. Ci siamo incamminati per tornare in hotel, l'ho preso sottobraccio, sentivo piccole scosse elettriche attraversarmi il corpo e non era la mia pelle troppo bianca pizzicata dal sole ancora ingenuo di giugno. Era un'improvvisa e dolorosa consapevolezza.

Mi sono resa conto solo in quell'istante, mentre il sole arrossava l'acqua, che in realtà io e Filippo non ne avevamo mai parlato apertamente. Forse lui si era fermato troppo presto davanti al muro della mia risolutezza. Forse io mi ero arrestata subito davanti a quello della sua impossibilità, senza nemmeno prendere in considerazione altre strade. Del resto, perché avrei dovuto? Io non volevo, no? E Filippo non poteva dire di non averlo saputo, o che io fossi stata poco chiara.

Ma adesso non riuscivo piú a ricacciare indietro il dubbio: cosa voleva, davvero, mio marito? Sul serio essere padre non gli interessava, era una possibilità che mai si affacciava nei suoi pensieri?

La verità è che non lo sapevo, perché non gliel'avevo mai chiesto. E forse non gliel'avevo chiesto perché temevo la risposta.

Mi ero innamorata dell'idea che avessimo deciso, assieme, che amarci senza figli fosse per noi l'unica condizione autentica. Perché significava stare insieme senza obiettivi, senza altro scopo che l'amore stesso. Ma, a pensarci, mi sono resa conto che l'avevo deciso da sola. E quel venerdí sera, mi sono domandata per la prima volta se Filippo non stesse sopprimendo un suo desiderio, solo per accontentarmi. Io stessa, peraltro, pur nella mia convinzione feroce di non voler diventare madre, avevo – per quanto mi costasse ammetterlo – il terrore che un giorno, di un figlio, avrei finito per sentire la mancanza. E se fosse successo avrei potuto dare la colpa a mio marito.

Non ci stavamo proteggendo a vicenda, era Filippo che stava proteggendo me.

Gli ho stretto fortissimo il braccio, come se tutto quello in cui credevo stesse per scivolare via.

– Ahia, ma che fai? – ha detto.

– Scusa, – ho detto, – sono inciampata in un sasso e stavo per cadere.

Filippo si è girato verso di me.

– «Anche a inciampare si fa un passo avanti».

– Cosa?

– Niente, – ha riso, – è una sciocchezza che ho letto su Instagram.

Mi sono bloccata.

– Tu hai Instagram? E da quando?

– Da tipo… un anno?

– Cioè, tu hai un profilo Instagram e io non ne sapevo niente? Perché non me lo hai mai detto?

– A parte che ero convintissimo che tu lo sapessi, giuro, cioè ho pure la app in bella vista installata sul telefono, vedi? Ma non c'è niente da dire, Ro', è un semplice profilo privato, lo uso per seguire quei quattro gatti di amici che ho.

– Lo capisco, però...

– Però?

– È una cosa di te che non sapevo, posso essere sorpresa? Mi sento come se avessi appena scoperto un segreto che mi tenevi nascosto.

– Ebbene sí, – ha detto lui, – ti nascondo i segreti –. Ed è scoppiato a ridere.

Il resto della nostra breve vacanza è scivolato via senza altri intoppi, ma ormai il danno era fatto.

Il pensiero che mio marito potesse volere un figlio si era insinuato in me, un rivolo d'acqua nella fenditura di una roccia. Mi sembrava di non conoscerlo piú. D'un tratto, avevo l'impressione di essere io quella che gli stava sottraendo qualcosa.

Mi sono tormentata per due settimane prima di decidermi a parlarne con lui, ma il giorno doveva infine arrivare. Quel giorno è oggi.

Ho preparato un discorso, glielo farò non appena saremo entrambi rientrati dal lavoro. Ho bisogno di rivolgergli la domanda, almeno una volta. Di sentirglielo dire con chiarezza. Non so se sarà il nostro canto del cigno o l'inizio di una nuova vita.

Alle 19.30 esco dall'ufficio con due mazzi di fiori.

Capita spesso che i clienti lascino degli omaggi, a volte sono generi alimentari, altre volte no. Avere uno studio da commercialista, trattare i segreti fiscali delle persone, tirarle fuori ogni tanto da situazioni ai limiti della legalità espone a questo genere di gratitudine. Un mazzo l'ho dato a Marina, la mia segretaria, due li ho presi io.

Appena entro nel condominio, incrocio sulle scale una delle inquiline del secondo piano. È una cara signora sui sessantacinque o giú di lí, che divide l'appartamento con un'amica della stessa età. Si sono trasferite da poco, qualcuno ha detto che sono entrambe vedove, mi hanno sempre fatto tanta tenerezza. La intercetto mentre sale i gradini con una confezione di bottiglie d'acqua nella mano destra, che la fa camminare tutta storta.

– Dia qui, ha l'aria di essere pesante, – dico. – Facciamo a cambio? – aggiungo porgendole i due mazzi di fiori.

– Ah, grazie, – dice. La signora afferra i mazzi con uno sguardo perplesso. Quando arriviamo sul suo pianerottolo, appoggio la cassa sullo zerbino e lei mi restituisce i mazzi.

– Grazie, – dice ancora. – È stata davvero gentile.

– Ma si figuri.

Mi accorgo che fissa i fiori con insistenza. Che sciocca sono, penso. Le farebbero di sicuro piacere.

– Senta, – dico, – al lavoro mi hanno omaggiato con una certa abbondanza, come vede, e io ho la rara capacità di farli appassire in un amen, se di questi due volesse salvarne almeno un mazzo mi farebbe una gentilezza –. Le porgo quello piú grande, una bella composizione di gladioli, margherite e narcisi.

– Ah, no no, la ringrazio, – dice lei, allontanando i fiori con le mani.

– Ma guardi che glieli regalo con piacere, davvero.

– No, – dice con una fermezza che non mi sarei aspettata. Si accorge di avermi spiazzata.

– È che non amo per niente i fiori, – aggiunge sorridendo.

– Cosa?

– I fiori, proprio non mi piacciono, – dice. – Non mi sono mai piaciuti.

– Ah, mi scusi, io non…

– Non si preoccupi, lei è stata davvero carina, sono io che sono fatta a modo mio.

– Ma no, ognuno ha i propri gusti, – cerco di stemperare, – ci mancherebbe, solo pensavo che...

– Pensava che siccome sono un'attempata signora mi debbano piacere fiori e ninnoli, vero?

«Ninnoli», quant'è che non sentivo quest'espressione, la usava sempre mia nonna; mi attraversa un rimpianto d'altri tempi.

– Ah, lí per lí non ci ho pensato, – dico, – ma in effetti, sí, lo ammetto: credo di averlo dato per scontato. Mi spiace.

– Non è colpa sua, non si crucci. È che viviamo in un mondo pieno di cliché, non trova?

Mi fissa con occhi sornioni, e per un attimo non capisco piú se stiamo parlando di fiori.

– È che, vede, senza offesa, – prosegue, – i fiori mi fanno pensare alla morte. Quei fiori sono morti pure loro, se ci pensa. Li spruzzano con sostanze chimiche per ritardarne l'appassimento, addirittura iniettano colori sintetici nei petali per esaltarne la brillantezza, insomma a me mettono addosso un'incredibile malinconia. Forse perché, alla fine, non sono che una specie di menzogna.

– Non l'avevo mai vista in questa maniera, – dico.

– Invece amo tanto le piante vive. Quelle apparentemente piú povere, per niente ornamentali, resistenti e caparbie, che non temono né il gelo di montagna né il freddo di pianura, quasi non li capissero. Se lei mi avesse offerto una piantina di rosmarino, per dire, l'avrei ricevuta con grande piacere –. Il suo sorriso emana una serenità che alleggerisce la fermezza del rifiuto, la ruvidità delle sue parole iniziali.

– Capisco, – dico.

– Non volevo intristirla, mi dispiace che ci sia rimasta male.

– Non ci sono rimasta male, è solo… Pensavo alla cosa che ha detto sui cliché, sulle aspettative che gli altri nutrono nei nostri confronti, magari sulla base del sesso o dell'età. E mi rendo conto che aver subito aspettative del genere per tutta la vita non mi ha aiutata a tenermene lontana, hanno fatto presa pure su di me.

– Non deve essere cosí dura con sé stessa. Il suo è stato un gesto cortese.

– Sí, però adesso penso che se lei fosse stata un uomo, probabilmente i fiori non glieli avrei mai offerti.

– Se io fossi stata un uomo, probabilmente non si sarebbe nemmeno offerta di portare l'acqua su per le scale, no? Insomma, si sarebbe quantomeno fatta una domanda in piú, magari avrebbe avuto paura di offendere la mia, ecco, virilità –. Assume un'espressione seriosa e piega le braccia sul davanti fino a far toccare i pugni, come un culturista che gonfia i bicipiti. Scoppiamo a ridere.

– Aurora, – dico.

– Mira, – dice lei.

– È stato un vero piacere conoscerla.

– Anche per me.

Apre la porta del suo appartamento, la saluto e proseguo per il terzo piano.

Entrando in casa penso che non ho piú voglia di parlare con Filippo. Continuo a ripensare a quanto mi ha detto la signora sui cliché. Perché tratto mio marito come se avesse bisogno di essere sollecitato da me, per manifestare le sue emozioni? Solo perché è un uomo? Davvero sono riuscita a essere tanto presuntuosa da pensare che, in cinque anni, lui non mi abbia parlato di una cosa cosí importante come il desiderio di un figlio? Perché mai non avrebbe dovuto farlo, se lo avesse avuto? E perché cerco di intuire i suoi bisogni, di anticipare le sue richieste? Mi sembra di comportarmi da madre accudente, non da donna che lo ama. Eppure non credo di sbagliare nel chiedermi in quale maniera rendere felice l'uomo che mi permette di essere me stessa e di avere la vita che voglio. Ma, in ogni caso, non potrei soddisfarlo attraverso un figlio, perché un bambino non è un mazzo di fiori e non può essere merce di scambio, men che meno un modo per manifestare gratitudine.

Sento la serratura proprio mentre sistemo i fiori in cucina. Filippo entra, butta le chiavi nello svuotatasche, si toglie la giacca. Gli vado incontro, pronta ad abbracciarlo. Ha un'aria cupa e insolitamente scocciata.

– Che succede? – chiedo.

– Ma li hai visti questi?

– Questi, cosa?

– Questi, – dice ancora, e mi passa il suo telefono. Sul monitor ci sono un bambino e una bambina che ballano in mutande, avranno sei anni.

– Questi qui, cazzo, – continua. – Mamma e figlio e figlia e tutta la famiglia. Li ho scoperti oggi. Leggi. Cinque milioni di follower. Postano video in cui i loro bambini danzano, corrono, recitano, sembrano i leoni ammaestrati del circo che saltano nel cerchio infuocato.

– E ti meravigli? Sai quanti ce ne sono?

– Ma non si può, dài. Mi auguro che quando saranno grandi gli faranno causa per sottratta infanzia. E guarda qui, ogni video è sponsorizzato da qualche marca. Cioè, il tag della Nestlé appiccicato in faccia al tuo bambino. Ma come cazzo fai a trasformare i tuoi figli in un business?

– Ma perché te la prendi cosí a cuore?

– Ma non me la prendo! Però, dài. Sono strano io?

– Direi di no.

Fa una pausa, poi ricomincia.

– Almeno noi non correremo mai il rischio di essere dei genitori di merda. Non è una bella notizia? Non aggiungeremo altra sofferenza nel mondo.

– Non aggiungeremo neanche altra gioia, però –. Non capisco da quale parte di me, da quali abissi sia affiorata la frase.

– Che vuoi dire?

Ormai è troppo tardi, non ha senso tirarsi indietro.

– Fili, sei sicuro, vero?

– Sicuro di che?

– Sei sicuro che fra qualche anno non mi odierai, che non ci odierai per non avere nemmeno tentato altre vie?

– Altre vie per cosa?

Ci guardiamo, lui sembra sul serio non capire.

– Amore, – dico, – ti sei mai chiesto perché non abbiamo il desiderio di un figlio? Non sarà che è perché non crediamo abbastanza in noi come coppia?

Filippo si avvicina, mi posa una mano sulla guancia, all'improvviso ha di nuovo l'espressione serena e imperturbabile dell'uomo di cui mi sono innamorata.

– È l'esatto contrario, – dice. – Non ne sentiamo il desiderio proprio perché in noi crediamo ben piú che abbastanza. Per questo non abbiamo bisogno di nient'altro.

E cosí succede, non riesco a trattenerle, in un secondo il viso s'incendia e le lacrime scendono a rigarmi le guance. La signora Mira mi considererebbe un vero cliché. Una donna che necessita dell'approvazione del suo uomo, che non sa stare da sola nel suo torto davanti a un mondo di apparenti ragioni. Ma il fatto è che starci in due è sempre meglio. Su questo, ho la sensazione che concorderebbe pure lei.

Filippo si avvicina e mi bacia. Non so perché, ma la sua lingua che tocca la mia mi fa scoppiare a ridere. Comincia a ridere anche lui, dentro la mia bocca, ridiamo fino a scuoterci, a sentirci tremare, è un riso liberatorio che spezza e ricompone. Che ci ricorda chi siamo.

Mi siedo a terra, mi sento stanchissima, come alla fine di una corsa.

– Comunque: se vuoi che ci apriamo un profilo Instagram per postare video scemi per me va bene, eh? – dice. – Ho almeno una decina di filmati di te che fai yoga in pigiama, e ho pure quello di quando sei caduta nel lago con la bici.

– E tu invece di soccorrermi hai continuato a filmare, deficiente! – dico mentre lo colpisco su una spalla e lui continua a ridere.

Inspiro a fondo, mi stendo sul tappeto fra i due divani e apro le braccia, Filippo si stende di fianco a me. Mi prende la mano, l'appartamento è quasi buio.

È ora di accendere altre luci.

Sara

(Una ragazza cosí fortunata)

Ogni tanto ti penso ancora, anche se m'impongo di non farlo.

Rivedo i tuoi occhi sopra di me, non abbiamo nemmeno vent'anni, è la mia prima volta e ti sto chiedendo di fare piano. Non mi ascolti, perché hai in fondo la mia stessa paura, uguale ma diversa, e l'irruenza è la sola cosa che ti dia una sensazione di controllo. Mi fai male, ma mi fai anche bene, poi io non so ancora come dovrebbe essere. Come sarà.

Due anni dopo è agosto, siamo in tenda e ti guardo dormire con la bocca socchiusa, annuso il tuo respiro che sa di melone e vino dolce, le tue spalle che odorano di fiume. Mi sento cosí fortunata. Il mattino seguente m'insegni a cambiare le marce in moto, riesco a imparare senza cadere. Io, invece, t'insegno a rollare un joint davanti ai tuoi occhi increduli. – Le brave ragazze sono piene di sorprese, – dici mentre provi a chiudere la cartina a bandiera e le mie mani guidano le tue.

Cinque anni dopo, a ventisette giorni dalla tua laurea, andiamo a vivere insieme. Tutti ci dicono aspettate, prima il lavoro e la sicurezza, poi verrà il resto. Il resto è la vita, e quella sentiamo che non può piú attendere. Sorrido se penso a quanti mestieri mal pagati, precari, provvisori, intermittenti abbiamo collezionato nel corso degli anni, perché sono la mappa della nostra volontà di farcela. Ogni mappa porta a un tesoro, il tesoro siamo noi.

Tre anni dopo siamo in cucina, tu mi dici che ti hanno assunto in studio a tempo indeterminato, io ti dico: – Tempismo perfetto, Ballardini, – e ti passo il test di gravidanza appena fatto. Nessuno mi ha mai abbracciata cosí forte.

Otto mesi piú tardi scopriamo cos'è il terrore vero. La nostra bambina non riesce a nascere, è incastrata nel mio bacino che non si allarga a sufficienza, i medici non possono piú intervenire. Un cesareo ormai non è possibile, deve farcela da sola, signora, mi dicono. Tu ti avvicini e mi sussurri: – Ce la faremo insieme, – poi mi canticchi all'orecchio tutta la sigla di *Hello! Spank*. Hai sempre amato farmi ridere nel bel mezzo della tempesta. L'ostetrica ti guarda come fossi un imbecille. Lo sei. Lo siamo. Per questo, dopo una notte interminabile, che non dimenticheremo, ci sembra giusto chiamare nostra figlia Aika. Tua madre non ce lo perdonerà mai.

Cinque anni dopo, mi regali l'anello che hai comprato quando già sapevi che volevi lasciarmi. Non hai fatto in tempo. Non a dirmelo in faccia, almeno.

Per mesi ho rivisto tutta la nostra vita insieme, piú volte di quante avrei voluto, proprio come si dice accada a un istante dalla fine. Eppure quello morto sei tu, non io.

Ancora adesso, certe notti sogno l'incidente che non ho mai visto. Immagino il colpo di sonno al volante, all'una del mattino – «Rientrerò tardi perché quello stronzo di Cestari vuole portarci fuori per festeggiare il nuovo contratto, non aspettarmi sveglia», era stata la scusa –, lo schianto in auto, i vetri che esplodono come proiettili sul tuo viso abbronzato, le lamiere che ti lacerano le gambe. Vedo la tua morte mentre mi tradivi. Chissà se mi hai pensata, in quell'ultimo istante, se ti sei detto che sarebbe potuto non succedere. Ti sarebbe bastato restare a casa con me, con noi, invece di essere in macchina con un'altra, su una strada buia di montagna, a cinquanta chilometri da qui.

Aika non chiede piú di te da un po'. Lo psicologo ha detto che i bambini sono programmati per adattarsi, che spetterà a me tenere vivo il ricordo di suo padre, perché probabilmente non le mancherai. Potrò costruirti come voglio, tacere ciò che desidero: lo farò solo per lei.

Ero convinta che la rabbia sarebbe passata, che il dolore per la tua perdita avrebbe vinto sulla delusione per l'inganno, rimettendo almeno in parte le cose a posto. In prospettiva, come si dice. Invece, anche adesso, non riesco a non pensare a quanto sia stato ingiusto, da parte tua, gettare quel che avevamo, quasi fossimo niente. Mi piacerebbe averti ancora qui per urlartelo in faccia, me ne hai tolto il diritto insieme al resto. Hai macchiato il dolore col rancore. Hai sporcato il nostro amore con la tua viltà. Per questo non accetto che una parte di me continui a tormentarsi, a darsi la colpa per quella che è stata una mancanza soltanto tua. Mia madre dice che è perché ci hanno educate al fatto che dovrebbe essere la femmina a provare a trattenere, a interrogarsi sulle lacune o imperfezioni, ma un attimo dopo – senza cogliere in ciò alcuna contraddizione – conclude che avrei dovuto accorgermene prima, prestare piú attenzione ai segnali. Io che l'ascolto e penso: perché avrei dovuto? Quali segnali?

Tu avevi giurato, ci eravamo scelti, io ti ho semplicemente creduto. Non è sulla fiducia che si fonda un impegno per la vita?

Quando voglio tormentarmi, mi chiedo: chissà se pure a lei avrai detto che i suoi occhi sono finestre su cui ami affacciarti, se le citavi frasi d'amore prese da Gibran, oppure da Pessoa, spacciandole per tue. Chissà se anche lei ha fatto finta di non conoscere già quelle parole, solo perché le piaceva sentirsele dire da te. Quand'è che le parole d'amore diventano di seconda mano? Dopo essere state usate quante volte, ascoltate da quante orecchie? Da quante persone differenti? Chissà se la prima volta l'avete fatto in auto, nel nostro rettangolo di sottobosco, accanto alla collina, o se avete preferito una comodità domestica, chissà se le tenevi la testa mentre la baciavi, se le hai fatto promesse che non saresti stato in grado di mantenere.

La cosa che mi distrugge è che il tuo tradimento getta la sua ombra anche su ciò che è stato prima, come quando scopri che la diagnosi di una patologia non è che l'evidenza di un male che ti stava divorando dentro da anni, in attesa solo del momento buono.

A questo punto, ti starai forse chiedendo perché ti scrivo, visto che sei morto.

Perché questa lettera in realtà non è per te, ma per me.

Soprattutto, è per lei.

Lei che starà leggendo queste righe, che avrà aperto la busta riconoscendo l'indirizzo del mittente, con il cuore in gola e una sensazione di disagio e speranza insieme.

Ho rintracciato prima la zona e poi la via in cui abita, non ci è voluto molto, nell'attimo in cui tutto viene a galla basta unire i puntini. Non che sia stato un lavoro complicato, dato che l'hanno trovata sbalzata fuori dall'auto che ti ha ammazzato, e l'incidente è finito nella cronaca locale. Avrei voluto incontrarla non appena ho saputo, ma l'ospedale in cui è stata ricoverata per settimane non mi sembrava il posto adatto. Ho perfino aspettato che venisse lei da me, ma non è successo, mi sono chiesta a lungo se per pudore o vigliaccheria.

Hanno detto che era lei alla guida.

Che è stata una fatale distrazione, che forse la stanchezza le ha chiuso gli occhi per due secondi di troppo. Chissà come si deve sentire, per avere ucciso l'uomo che amavamo. Chissà se il senso di colpa la sta divorando ancora, a piú di cinque mesi di distanza.

So che ha ventiquattro anni, conosco il suo nome, certe volte la seguo quando torna a casa dal Conad. Ho visto la pancia crescere di settimana in settimana, quindi suppongo che abbia deciso di tenerlo. Giovedí scorso è caduta, un capogiro mentre rimetteva a posto il carrello della spesa. Non avrei voluto conoscerla in quel modo, ma l'istinto ha avuto il sopravvento e sono corsa a soccorrerla come una sciocca, uscendo allo scoperto, pronta al peggio.

– Grazie, – ha detto sorridendo. Mi si è aggrappata al braccio e il suo sguardo non lasciava spazio a interpretazioni. Era vero: non aveva la minima idea di chi fossi io. Solo allora ho capito.

Non gliel'avevi detto. Non sapeva che tu fossi sposato. Di sicuro lo avrà scoperto dopo, attraverso i giornali, ma non sapeva comunque che faccia avessi io. Ci ha raggiunte una signora anziana che era dietro di noi, pronta ad aiutarla a rialzarsi. – Ah, ecco perché non l'ho piú vista in reparto! – ha detto la signora; sembrava si conoscessero già. L'abbiamo tirata su in due e le abbiamo chiesto se stava bene, l'abbiamo accompagnata al bar accanto al market. – Per me decaffeinato lungo, per favore, – ha detto, tenendosi una mano sul ventre.

Sai, c'è stato un attimo in cui, nella sua fragile ingenuità, convinta di essere al sicuro, ha accennato alla vostra storia, e la signora anziana le ha detto che «un tradimento si può superare, la morte invece no, per quella ci vuole tempo». Cercava di essere gentile con lei, che ha sorriso al suo tentativo di conforto. Avrei voluto dir loro che io penso l'esatto contrario: la morte si può superare, un tradimento no. Mamma ha continuato ad amare mio padre, suo marito, anche quando lui non c'era piú, soprattutto allora. Lo abbiamo perso presto, io non avevo neppure sette anni. Se prendevo un bel voto a scuola, mamma mi portava al camposanto e mi diceva: «Andiamo a dirlo a papà». M'impegnavo con ancora maggiore forza, sapendo che sarebbe stato per lui. Se mi accompagnava in auto da qualche parte, mamma mi diceva che le sembrava che lui le stesse vicino, alla partenza sentiva il *clic* della cintura di sicurezza nel sedile accanto. Un'assenza può continuare a essere una presenza, se in vita si è stati persone degne.

Ho incontrato di nuovo la signora anziana un paio di giorni dopo, l'ho vista uscire dall'ospedale. Ho pensato che fosse andata a far visita a qualcuno, o che fosse un medico, infine mi è venuto in mente che potesse essere malata. Magari era lí per qualche terapia, le sue parole sulla morte mi sono suonate improvvisamente diverse. Capita che le persone dicano cose che noi adattiamo alla nostra esperienza, e solo piú avanti ne comprendiamo il vero significato.

Stavolta, invece, il significato delle mie parole è uno: scrivo questa lettera per dire alla donna che ti ha strappato da me, da noi, che non ce l'ho piú con lei. Perché penso che sia già stata punita abbastanza. E perché, sí, l'ho odiata, l'ho insultata, ho immaginato di farle male, ma poi ho capito che la sua unica colpa è stata quella di credere all'amore, proprio come ho fatto io. E alla fine abbiamo perso, come può capitare di perdere se si punta sul piatto l'intera posta. Non si tratta di solidarietà femminile. Si tratta di aver attraversato una tragedia che entrambe non avevamo previsto, tipo chi sopravvive a un disastro aereo. Anche se una delle due era il comandante che lo pilotava, non importa. Al netto di tutto, non siamo che superstiti.

Due donne che adesso potranno decidere di ignorare ogni cosa, oppure no. Che potranno proseguire con le loro vite, fingere per sempre, provare a smettere di chiedersi perché. Oppure potranno tentare di cavare il bene dal male.

Ora anche lei saprà chi sono.

Io mi chiamo Sara, lei si chiama Marika.

Io ho già una figlia, lei aspetta un figlio. Hanno lo stesso padre. Potremo scegliere insieme cosa fare di questo. Se restare chiuse nel rancore, in un dolore solo nostro, o provare a condividerlo e scoprire che, magari, i due dolori si somigliano.

Sono certa che le mie parole le sembreranno strane, ma credo che lei sappia che risulta tutto piú facile quando la tua vita è stata rovesciata, svuotata all'improvviso: c'è la serenità di fregarsene delle convenzioni e dei pudori, e la libertà di poter dire qualsiasi cosa senza dover domandare il permesso.

Non le chiedo nemmeno di rispondere a questa mia, le offro una soluzione piú semplice.

Al bar dove siamo state ho bevuto un tè verde buonissimo: è per me una buona occasione per tornarci.

L'altra buona occasione è lei.

Sarò lí ogni pomeriggio, dalle quattro alle cinque, sino alla fine del mese.

Sarò felice di vederla arrivare, di vederli arrivare, in un giorno qualunque.

Giugno è un bel mese per aspettare.

Giuseppina

(*Pomme de terre*)

Giuseppina vendeva frutta e verdura al mercato.

Il banco dell'ortofrutta era di suo cugino Mario, lei aveva cominciato ad aiutarlo che non aveva ancora ventidue anni e oggi, che ne aveva trenta di piú, continuava ad alzarsi ogni giorno alle sei per andare a smistare gli ortaggi e a sistemare le cassette. Amava l'aria frizzante del mattino presto e le piaceva avere a che fare con la gente. La maggioranza delle persone la chiamava «Pina», che era il diminutivo usato in famiglia, chi l'aveva incontrata piú di recente la chiamava «Giusy». Divideva le sue conoscenze in due: era Pina per quelli del mercato e Giusy per quelli del centro d'accoglienza. Aveva iniziato ad andare al centro qualche mese prima, con le rimanenze delle vendite.

– Mario, è troppo un peccato buttare quel che avanza, cosa dici se lo porto alle suore, che ci fanno una bella zuppa?

Le suore avevano ringraziato, non ne avevano bisogno, però c'era un centro di accoglienza nuovo, dove si radunavano un po' tutti 'sti ragazzotti disgraziati, in particolare quelli che venivano da lontano, dall'altra parte del mare, ma anche alcune signore dall'aria triste con accenti esotici, perché non le portava lí? Giuseppina era andata a parlare con i volontari, che le avevano detto sí, certo, avrebbero fatto loro comodo, le rimanenze, ma era già complicato preparare i pasti con ingredienti preconfezionati e scatolame vario, non ce l'avevano una persona che si mettesse lí a pulire le verdure, a preparare la zuppa fresca.

– Lo faccio io, – aveva risposto Giuseppina, e cosí era stato.

Ci andava ogni sera verso le sei e mezza, all'inizio con un pentolone suo, portato da casa, in seguito con due piú capienti che aveva comprato per donarli al centro. Si sistemava tranquilla, mondava le verdure, toglieva le parti ammaccate o marce, poi le cucinava tutte insieme. Dopo qualche settimana era diventata una consuetudine vederla entrare con due sporte di roba e un gran sorriso sulla faccia.

– Eccola, la nostra Giusy, che ci porta il sole! – diceva Alberto, il responsabile del centro, che ci teneva ad accogliere chiunque arrivasse lí per la prima volta, perché diceva che lui le persone le capiva al volo. C'erano quelli che approdavano con gli occhi ancora ricolmi di paura, con cicatrici che si vedevano e altre no, e quelli che avevano bisogno di essere lasciati in pace, come animali selvatici che devono annusare ben bene l'aria per potersi fidare. C'erano quelli che già traboccavano gratitudine e volevano darsi da fare, tenersi occupati, muovere le mani, cercare di estinguere un debito che, diceva Alberto, era solo nella loro testa. Infine, c'erano quelli che avevano bisogno di parlare, di raccontare le tragedie che li avevano portati fino a lí, di testimoniare la propria esperienza, non importava in che lingua. Ed erano spesso, quasi sempre, storie che suscitavano orrore e vergogna. Alberto incontrava tutti, e stabiliva in quale maniera andassero accolti, poi li passava ai volontari. Ogni tanto una persona veniva spedita in cucina per aiutare Giusy a pulire le verdure; di solito le capitavano i loquaci, o quelli che volevano rendersi utili. A lei andava bene chiunque, non le importava quanto surreale potesse apparirle il dialogo con una signora che parlava solo in bantu, o di dover correggere di continuo gli interventi culinari di un sessantenne originario del Marocco; sapeva che ogni minuto passato con loro li aiutava a sentirsi meglio, e in fondo aiutava anche lei. Quando Alberto le aveva annunciato che quella sera avrebbe avuto un aiutante speciale, Giusy si era aspettata qualcuno di bizzarro, una vecchia conoscenza o magari un bambino, perché di bambini nel centro se ne vedevano purtroppo parecchi. Invece era arrivato questo ragazzo, di una magrezza impressionante, però con un corpo che esprimeva comunque un'idea di forza, di resistenza, i tendini degli avambracci tirati come corde, e poi quegli occhi che sembravano due fanali. Ad Alberto aveva detto di chiamarsi Diao.

– Viene dal Senegal, o almeno credo, è tutto quel che so. Non ha documenti, non spiccica parola nemmeno con i suoi conterranei, dorme raggomitolato in un angolo e mangia che pare un uccellino. Vedi se almeno tu riesci a fargli mandar giú qualcosa.

Giusy lo aveva preso subito con sé, lo aveva messo in un angolo a sbucciare gli ortaggi e aveva iniziato a chiacchierare, senza aspettarsi che lui le rispondesse. Diao non sapeva usare il pelapatate, cosí lei gli aveva dato un coltellino e con quello lui aveva cominciato a lavorare lento, con grande precisione e perizia, gli occhi bassi, le spalle curve. Avrà avuto massimo venticinque anni, ma sul viso già l'espressione di un uomo vecchio. Aveva una lunga cicatrice, sinuosa, che partiva dal mento e gli attraversava il collo in diagonale, pareva quasi una decorazione, ma a colpire erano i suoi capelli. Nonostante la giovane età di Diao, erano completamente bianchi. – Forse è albino, – aveva detto Alberto, invece Giusy pensava chissà che orrori deve avere visto, 'sto ragazzo, nella vita, per avere già dei capelli cosí. Al momento di rovesciare le verdure nel pentolone, Giusy aveva fatto scegliere a lui se aggiungere un po' di cumino o un po' di curry. Diao aveva annusato entrambi, l'aveva guardata e, quando lei gli aveva allungato di nuovo i barattoli, aveva scosso la testa.

– Allora stasera la facciamo all'italiana, – aveva concluso lei.

Giusy non si occupava di servire, ma aveva insistito per portargli di persona la porzione di zuppa. Diao aveva alzato i suoi occhi grandi su di lei e aveva fatto un gesto di ringraziamento, quindi aveva iniziato a mangiare.

– Tutta, eh? – gli aveva sorriso Giusy, poi si era voltata verso Alberto, che aveva sollevato il pollice in segno di approvazione.

Il giorno seguente, quando era entrata con le borse delle rimanenze, Diao l'aspettava già in cucina, il coltellino pronto per sbucciare. Nel giro di poco era diventata una consuetudine, e Giusy si era potuta fregiare anche del merito di avergli fatto dire le prime parole. I nomi degli ingredienti, per esempio. Lei gli passava le patate, dicendo «patata» finché il ragazzo, appena in un sussurro, una volta aveva risposto «*pomme de terre*». Giusy si era paralizzata, gli aveva chiesto: – Come? – e lui, con un mezzo sorriso, senza smettere di sbucciare, aveva ripetuto: – *Pomme de terre*, – e, solo dopo una breve pausa: – Patata –. Quella sera Giusy aveva annunciato in pompa magna che sarebbe stata servita una zuppa di *pommes de terre* con aggiunta di *haricots*.

Superata la fase di mutismo, «dovuto di certo a qualche trauma», aveva stabilito Alberto, Diao aveva parlato con uno dei mediatori e cosí avevano scoperto che aveva ventitre anni, che era andato a scuola fino a dieci e sapeva leggere e scrivere, che oltre alla lingua wolof parlava solo francese, e che era scappato dal suo villaggio, camminando per due giorni di fila per raggiungere Mana. Da lí, aveva fatto quanto era stato umanamente possibile per arrivare alla costa e partire.

Giusy, che non era mai uscita nemmeno dalla sua provincia, lo ascoltava affascinata. A casa era andata a controllare sull'Atlante di suo nipote dove fosse il Senegal, e le era sembrato impossibile che quel ragazzo pelle e ossa fosse giunto da solo fino a lí, senza soldi o documenti, aggrappato soltanto alla sua disperata forza di volontà. A mano a mano che le settimane passavano, arrivava sempre nuova gente, ma Diao presidiava il suo posto in cucina, ormai si occupava piú lui della zuppa di quanto non facesse Giusy; inoltre, lei gli insegnava l'italiano e lui, in cambio, il francese. Con il tempo il ragazzo aveva preso a sorridere, Alberto diceva che era il primo a farsi avanti quando c'era da fare, e che forse avevano trovato qualcuno, in Senegal, disposto a cercare il suo certificato di nascita, o perlomeno qualcosa che gli somigliasse. Questo avrebbe agevolato la richiesta di un permesso di soggiorno. Giusy ne era entusiasta, eppure una parte di lei, ben nascosta in fondo, provava un senso di disagio a cui non sapeva dare nome. Lei voleva il meglio per Diao, non era cosí?

– Che bella che ti sei fatta stasera, Pina, hai un appuntamento? – le aveva riso dietro suo cugino, incontrato per caso, un pomeriggio in cui lei indossava il vestito blu a fiori rossi.

– Ti aspetta Alberto? – aveva chiosato malizioso.

Pina aveva scrollato le spalle, perché non era raro che in famiglia si facessero battute su Alberto, la vecchia volpe amica degli ultimi con cui la sera lei si ritrovava al centro. Alberto, figurarsi, lei gli uomini cosí li aveva schivati tutta la vita. Buono era buono, niente da dire, ma troppo sicuro di sé, troppo marpione, come si diceva ai suoi tempi. Giuseppina non era nubile per caso, aveva avuto le sue occasioni e piú di una volta aveva preferito dire: «Grazie, no». Aveva deciso da un pezzo che gli uomini non valevano quasi mai quel che chiedevano in cambio. La casa l'aveva, ci era vissuta con i suoi prima che loro si trasferissero nel casale di campagna, e il lavoro da Mario le dava quanto le bastava per vivere. Non c'era posto per nessun Alberto nella sua vita. Eppure, sí: ogni sera era stata piú attenta a cosa indossare, ora che l'estate si era finalmente affacciata e poteva scoprire un po' le gambe.

– E che vorresti scoprire, tu, vecchia scema! – si era rimproverata.

A cinquantatre anni era bell'e passato il momento di fare la fatalona: zitella era e zitella sarebbe rimasta, che senso aveva sollevarsi i capelli con le forcine, sopportare il mezzo tacco, spennellarsi le guance di rosa? Ma lei lo faceva comunque. E la ragione per cui lo faceva la aspettava ogni sera seduta sullo sgabello, il coltellino pronto, il sorriso che abbagliava.

– Vergognati, potrebbe essere tuo figlio, – si ripeteva Giusy.

Ma allora perché Diao perdeva tanto tempo con lei, quando avrebbe potuto trascorrere la serata con una delle volontarie, che erano davvero carine e piú vicine alla sua età? Giusy avrebbe dovuto spronarlo ad andare da loro, a divertirsi, stai con i tuoi coetanei, non rinchiuderti in cucina con una vecchia sovrappeso come me. Ma non glielo diceva, e Diao non se ne andava. Ora che parlava un po' di italiano, metteva in discussione ogni sua ricetta, le diceva che doveva aggiungere piú di questo e meno di quello, rideva se lei minacciava di picchiarlo col mestolo. Sembrava felice, di sicuro Giusy lo era. Poi una sera era arrivata tutta pimpante, fresca di parrucchiere, con gli zoccoli di vernice rossa e il vestito di cotone in tinta.

Ma Diao non c'era.

– Un colpo di fortuna che metà basta! – aveva detto Alberto.

Una delle signore che bazzicava il centro doveva ritinteggiare la casa, e Diao le aveva detto di essere capace e di poterlo fare lui. In effetti, qualche pomeriggio era andato ad aiutare un paio di ragazzi che facevano gli imbianchini, non poteva essere considerato un corso di formazione, ma era stato bravo, forse un po' lento, però molto preciso. Giuseppina lo sapeva bene, sia la lentezza che la precisione le erano incredibilmente familiari.

– Quindi non torna?

– Gli dànno alloggio in casa, hanno una stanza in piú. Sono persone davvero gentili…

E senza volerlo Giusy si era ritrovata senza nessuno in cucina, sommersa da verdure che, da sola, le pareva di non saper piú mondare, aveva fatto la zuppa troppo liquida e scarsa di sale, non aveva nemmeno preso in mano le spezie.

Ma che si aspettava? Che un ragazzo cosí giovane non spiccasse il volo? Che restasse per sempre a fare la zuppa con lei? Si era imposta di comportarsi da persona adulta, era tornata al centro ogni giorno, aveva portato le rimanenze, aveva cucinato, e al momento di fare le porzioni aveva guardato verso l'ingresso, aspettandosi di vederlo ricomparire. Non era successo, Diao era semplicemente sparito, e con lui scomparvero anche le acconciature vezzose di Giusy, i vestitini primaverili, il tocco di rosa sulle guance. A volte, mentre cucinava, le scappava una risata amara. Chissà che si era ficcata in testa, cinquantatre contro ventitre, sveglia, Giuseppina! Altre volte sentiva gli occhi farsi umidi e allora affettava con maggior decisione, perché non aveva nessun diritto di dolersi della felicità altrui.

Un venerdí sera, consegnato il paiolo fumante alle ragazze, si stava asciugando le mani sul grembiule quando una voce era arrivata dalla porta della cucina.

– Senti, Giusy, tu mi devi fare il favore di darmi la ricetta.

Giuseppina aveva alzato gli occhi su una delle signore che ogni tanto andavano a portare i vestiti usati al centro, quelle che Alberto chiamava le dame di carità. Le sorrideva come una sorella maggiore.

– Ciao, la ricetta di cosa?

– Della zuppa.

– La zuppa quale?

– La zuppa di Diao.

Giusy aveva sentito qualcosa staccarsi dal petto e cadere con un tonfo in fondo ai piedi. Era saltato fuori che era a casa della dama che Diao si era trasferito, accolto con calore, quasi fosse un figlio.

– Vedi, noi siamo arrivate da poco nella palazzina verde in via Caliari, all'inizio pensavamo di tinteggiare solo la cucina, ma a quel punto abbiamo deciso che l'intera casa aveva bisogno di una bella riverniciata. Quindi, visto che abbiamo la camera degli ospiti vuota, Diao potrà restare da noi finché non si sarà un po' rimesso in carreggiata. È ovvio che, se vorrà, se non trovasse di meglio, potrà fermarsi piú a lungo, ma io ti dico che il ragazzo sta già uscendo dal suo guscio. È bravissimo a tinteggiare, eh, ma è in cucina che deve stare. Da che c'è lui abbiamo preso peso in maniera vergognosa, cucina piatti del suo Paese ma anche italiani e soprattutto fa una zuppa, Giusy, guarda, una roba che non ti aspetteresti da un ragazzo cosí giovane. Non ci vuole dare la ricetta, però, dice che è un segreto suo e tuo. «Segreto di Giusy», taglia corto, e sapessi che sorrisi quando ci parla di te. Hai fatto un miracolo con lui, lo dice pure Alberto, e gli manchi cosí tanto, figurati che in bagno ci ha dipinto una greca a fiori stupenda, molto precisa, col pennello piccolo. Dice che sono i fiori rossi del tuo vestito. E allora le cose sono due: o tu mi dài la ricetta, oppure vieni a cena da noi e ce la insegni lí sul posto.

Giuseppina aveva sentito solo la metà delle parole, le mani ormai asciutte ancora aggrappate al grembiule, il cuore che dai piedi era corso di nuovo al petto e aveva ripreso a battere veloce.

– Ma io la sera sono sempre qui, vengo apposta a cucinare, come faccio?

– E allora a pranzo, va bene? Che ne dici di domani? Dài, facciamo una bella sorpresa a Diao!

Giuseppina aveva trattenuto il fiato, mentre fingeva di riflettere, ma si vedeva che la risposta ce l'aveva scritta in faccia.

– E indossa il vestito a fiori, – aveva detto la dama, sorridendole ancora come una sorella.

Maddalena
(*King of Pain*)

Un nocciolo di ciliegia.

Cosí mi avevano detto, devi sentire qualcosa di duro, tipo un nocciolo di ciliegia. E io avevo sorriso, ogni volta, alla dottoressa o ginecologa di turno che mi faceva la raccomandazione. Certo, avrei fatto l'autopalpazione che mi avevano consigliato, come no. Non mi sarebbe passato manco per l'anticamera del cervello, tanto il cancro al seno viene solo dopo i trentacinque anni. Dopo i trentacinque, cazzo! E invece i miei erano trentatre, gli anni in cui sei ancora in tempo per ogni cosa: trovare l'anima gemella, sposarti, fare figli. Oppure per partire a caso per un viaggio intorno al mondo, per scombinarti il futuro. La carriera no, la carriera ce l'avevo già, avevo puntato tutto su quella, perché mia madre me l'aveva detto: – Maddalena, guarda che la persona giusta te la deve far incontrare la vita, è un tiro di dadi, si tratta di pura fortuna, quindi non concentrarti su questo. Perché la fortuna non è mica un cane, che fischi e arriva –. Io le avevo dato retta, mi ero laureata ed ero entrata a lavorare in uno studio in qualità di consulente finanziaria, poi ero diventata dirigente. Guadagnavo da sola piú di quanto non avessero mai preso di stipendio mia madre e mio padre messi assieme. Ero decisa, determinata, una di quelle donne che gli uomini trattano da pari e che un po' temono di corteggiare, ma a me non importava, se uno mi piaceva non avevo problemi a fare la prima mossa. Avevo tutto dalla mia: il tempo, la bellezza, il carattere, e un tenore di vita che mi consentiva vacanze grandiose, dall'altra parte del globo. Ma proprio su una spiaggia con la sabbia fine e il mare trasparente, nel mettermi l'abbronzante, avevo sentito qualcosa sotto il seno sinistro. Non esattamente un nocciolo di ciliegia, di certo meno uniforme e piú grande. Ero rientrata di corsa, ripetendomi che era troppo presto, che mi stavo rovinando le vacanze per niente, e invece no. Ho fatto il mio ingresso in clinica per un agoaspirato, e ne sono uscita una settimana dopo senza un pezzo del mio corpo.

– Dobbiamo levare tutto, – aveva detto la dottoressa.

– Tutto cosa? Tutto che?

– Tutto.

Del seno sinistro non era rimasto niente, il destro aveva invece subito una quadrantectomia, perché il nodulo era molto piú piccolo, e il risultato era, se possibile, ancora piú mostruoso. Qualcuno aveva anche parlato di «ricostruzione», ma cosa volevi ricostruire, in quella specie di superficie scabrosa e lunare? La fortuna non è un cane, la mamma aveva ragione. Quel che mi restava, a trentatre anni, era la possibilità di prendermi un periodo sabbatico per rimuginare su tutti quegli uomini a cui avevo detto di no, o che avevo messo in aspettativa, in attesa di un'offerta migliore. O sulla mia relazione da trombamici con Christian. Uomini che adesso erano persi per sempre, e con loro la possibilità di avere dei figli, ammesso che dopo i trattamenti io potessi averne ancora.

La stanza della chemio è gialla. – È giallo speranza, – mi ha detto un'infermiera, poi mi ha sorriso. Mi siedo sulla poltrona, mi infilo gli auricolari e faccio partire l'iPod, come ogni volta. Non appena Alanis attacca con *King of*

Pain, di solito, la seduta è finita. Subito dopo bevo un goccio di succo dalla borraccia. Bevo meno succo rispetto a un tempo. Il succo è ricco di zuccheri semplici e gli zuccheri semplici non mi fanno bene. Quasi niente mi fa piú bene. Mi faceva bene scopare con Christian, ma la chemio mi provoca continue e dolorose cistiti, allora abbiamo smesso. Abbiamo smesso anche perché li vedevo, i suoi occhi, mentre mi accarezzava i capelli sempre piú radi, o quando cercava di evitare la cicatrice della mastectomia, e non voglio che l'amore sia cosí, nemmeno se è solo sesso. Neppure fumare mi fa bene, infatti non fumo piú da quasi un anno. Una crede che un anno sia un tempo sufficiente per farsi passare la voglia. Dimenticarsene. Invece no, è una lotta che si porta avanti ogni giorno. Per tutta la vita, forse. Proprio come combattere un cancro. «Combattere» è un termine che non mi piace piú, eppure a volte lo adopero anch'io. Mi sono abituata a usarlo quando parlavo degli altri.

– Sei una guerriera, Maddy, – mi dice Giuliana. Sono una guerriera per lei, lascio che lo pensi perché pensarlo la fa stare meglio. Le serve per superare la sua paura, visto che ha cinque anni piú di me. La verità è che nella malattia non ci sono guerre da vincere, ci sono solo persone che fanno di tutto per restare vive – dove «restare vive» non significa solo tornare in salute. C'è chi guarisce e c'è chi, purtroppo, non ce la fa. Quelli che guariscono non hanno vinto, quelli che non guariscono non hanno perso. Nell'innocenza del nostro desiderio di incoraggiare, bisognerebbe badare un po' di piú alle parole. Se non sopravvivi a una malattia non significa che non sei stato abbastanza guerriero, o che hai combattuto di meno. Chi ce la fa, a volte, ha solo avuto piú fortuna. E bisognerebbe lasciare il sacrosanto diritto, a un malato, di sentirsi fragile, debole, sconfitto o incazzato. Bisognerebbe evitare di caricargli, oltre al peso della malattia, quello del dover guarire per non deludere le persone a lui care, che gli dicono «forza, sei un guerriero, ce la fai». Invece, quando Giuliana me lo dice, nascondo la mia sofferenza dietro un sorriso forzato, perché so che la sua intenzione è buona. In fondo, conosco molte persone che stanno apparentemente benissimo e che la loro, di sofferenza, la celano dietro un completo elegante e un lavoro in ufficio, altre dietro panni stirati e profumati e manicaretti preparati con cura, altre ancora occultano tragedie dietro pelli liscissime e lenti a contatto azzurrissime e acconciature glamour, e ne conosco alcune che sono cosí brave da riuscire a negare la propria sofferenza addirittura a sé stesse. Perfino la ragazza che incontro qui per la chemio, tutte le settimane, nasconde la sua dietro la frangetta verde smeraldo e i capelli rasati ai lati e le braccia tatuate con scaglie di serpente. O forse no, forse il mio è solo un pregiudizio, pari a quello di chi mi chiama «guerriera», perché questo è quanto ci piace vedere. Come il giallo speranza della stanza in cui mi trovo.

I'll always be queen of pain, grida Alanis negli auricolari. Svito il tappo della borraccia, bevo un goccio di succo, l'infermiera arriva a staccarmi la flebo, mi sorride, vorrei chiederle se ha una sigaretta e dirle che odio il giallo da sempre e che, comunque, il colore della speranza è il verde, invece le sorrido anch'io.

Ho aspettato di finire i cicli per intero, ho aspettato che la nausea passasse, che la pelle smettesse di bruciare, ho aspettato di poter camminare per piú di cinque minuti senza il bisogno di fermarmi a prendere fiato o a pisciare, ho aspettato che sulla mia faccia non ci fosse scritta a caratteri cubitali la parola «cancro». Secondo l'esercito di tuttologi che mi circonda dovrei «riprendere a vivere», cosí, in uno schiocco di dita. Ma per me è un'impresa qualsiasi cosa vada oltre la routine quotidiana, figurarsi affrontare la burocrazia. Che mi piaccia o meno, sono un'invalida. Fosse per me, giuro che lascerei perdere, ma mamma insiste: «Avere delle agevolazioni è un tuo diritto». Mia sorella invece la butta sul ridere: «Pensa che dopo avrai il parcheggio garantito!» Fantastico, chi non sacrificherebbe il proprio seno per quattro strisce gialle dipinte per terra, in cui piazzare la macchina? Ma so che, sí, anche questo è un mio diritto, e in qualche modo la vita deve risarcirmi per ciò che mi ha tolto.

Non ho chiesto aiuto a nessuno, mi sono informata su Internet, ho preso appuntamento al patronato e mi sono presentata con la mia lunga lista di referti. Ad accogliermi c'è un'impiegata che dimostra meno dei miei anni, con uno splendido caschetto nero che purtroppo pare naturale, e due occhioni blu da fare invidia. È bella da mettermi a disagio, io che lo so cosa c'è sotto i miei vestiti. Nella bellezza, però, sembrano esaurirsi tutti i suoi pregi.

– No, non va bene per niente, – dice.

La butta lí con stizza, spingendo verso di me il plico, dopo essersi fermata al secondo foglio, nemmeno guarda il resto.

– Scusi, perché? Io ho seguito le indicazioni in rete.

Fa una mezza risata di scherno.

– In rete! Se voleva delle istruzioni doveva venire a chiederle qui.

Sbuffando afferra una fotocopia dal portadocumenti, me la elargisce pietosa, mi indica in maniera vaga alcuni degli interminabili punti che vi sono elencati.

– Questo lo deve chiedere in banca, questo lo deve fare il suo medico curante, stia attenta a compilare negli spazi giusti.

Mi congeda senza alcuna premura. Si rimette a digitare al computer e non mi degna piú di uno sguardo, facendomi sentire una stupida. Prima, non mi sono mai sentita stupida. Non cosí, almeno. Allora decido di tornare a casa, chiamo la banca, telefono al mio medico e pure alla mia amica commercialista.

– Ma sei sicura di dover presentare tutta questa roba? Non devi mica avere l'accompagnamento! – mi dice Aurora al telefono.

– Non lo so, quella mi ha detto cosí.

Stavolta sono stata attenta, non voglio piú sbagliare, non voglio tornarci ancora. Mi sono procurata ogni cosa, ho fissato un secondo appuntamento, sperando che mi riceva un'impiegata diversa. Invece, sorpresa. Sempre lei, caschetto nero, occhi blu, nessun accenno di sorriso. Finge di non riconoscermi e inizia a scartabellare tra i documenti.

– Questo non serve, – dice allungandomi un mazzetto di fogli.

– Ma me lo ha detto lei, che serviva.

Mi fissa con i suoi occhi grandi e crudeli, come se stesse parlando con una deficiente.

– Lei non ha mica sessantacinque anni. Qui c'è scritto che vale per le persone sopra i sessantacinque anni.

– Ho capito, ma se mi ha detto…

– Be', immaginavo che sarebbe stata capace di distinguere quali documenti la riguardassero e quali no. Adesso glieli evidenzio, almeno la prossima volta non ci saranno problemi.

– In che senso, me li evidenzia? Quale prossima volta? Non mi farà tornare di nuovo, vero?

L'impiegata mi guarda con un'espressione che mi è familiare, ma che non riconosco subito. Alla fine capisco: è l'espressione che viene a me quando mi trovo davanti quei clienti idioti, convinti di aver gestito a meraviglia i propri risparmi e invece sono sull'orlo dell'abisso. La sua non è condiscendenza, e nemmeno compassione o pena. È disprezzo.

– Signora, ha portato una marea di roba, è tutto mescolato, ha anche compilato la domanda nelle parti che non le spettavano. Guardi, torni a casa, si metta tranquilla, rifaccia tutto per bene e mi riporti le cose sistemate.

È cosí perentoria che, per un istante, sono davvero sul punto di andarmene. Poi, dopo undici mesi di silenzio, la voce di quella donna che è stata in vacanza da sé stessa, spaventata dalla vita, si rifà viva senza preavviso.

– Posso parlare con un suo superiore?

– Come, scusi?

La donna quasi ride, fingo di non accorgermene.

– Ce l'ha un superiore, immagino. Me lo chiama?

– Su, non facciamo scenate.

Qui la condiscendenza c'è, un po' in ritardo ma c'è. E certo, una donna a cui hanno tagliato via il simbolo della femminilità come può pretendere di reagire a tono, senza suonare patetica?

– La scenata la faccio se non me lo chiama!

Mi devono avere sentito dalla stanza di fianco, perché una tizia con il doppio degli anni di Miss Simpatia si affaccia allarmata.

– Perla, che succede?

– Ma niente, – si schermisce subito caschetto nero, raddolcendosi. – La signora ha portato i documenti sbagliati e si è infastidita.

– Me lo ha detto lei cosa portare!

– Vediamo, vediamo.

La seconda donna entra, si avvicina alla scrivania, lancia un'occhiata alle mie carte. Infine raccoglie tutto e mi concede un sorriso.

– Venga con me.

– Ma no, posso fare io! – insiste caschetto nero, ma io sto già seguendo l'altra donna nella stanza accanto. Improvvisamente mi sento stanchissima, come se alzare la testa mi fosse costato ogni energia residua. Ora mi aspetto che quest'altra, che dovrebbe essere il superiore invocato, che per qualche incomprensibile motivo ha la scrivania piena di origami di carta a forma di fiore, mi ripeta con toni piú garbati le stesse cose, la stessa litania: che i documenti sono sbagliati o incompleti e che dovrò tornare. Lo accetterò, la mia combattività si è esaurita in quell'unica fiammata d'orgoglio.

– Quanto tempo è passato? – mi chiede invece.

Si riferisce all'operazione? Non sono fatti suoi e non voglio buttarla su un piano cosí personale. Però mi sento stanca, mi limito a rispondere.

– Undici mesi.

Annuisce.

– Io ci ho impiegato due anni a riprendermi. E non è stata un'operazione invasiva come la sua, però ci ho messo due anni lo stesso. Non volevo nemmeno rientrare al lavoro –. Sorride. – Ma a casa c'era bisogno dello stipendio, per fortuna.

Non so cosa ribattere, dovrei provare solidarietà o compassione o gratitudine o che? Per fortuna mi salva lei cambiando argomento. Mi mostra cos'ho sbagliato, mi porta nuovi moduli, mi dice di compilarli con calma.

– Non le verranno tanti vantaggi, qualche piccolo aiuto appena. Ma, si fidi, le tornerà comunque utile.

Mi dà un numero di telefono da salvare, è quello della sua scrivania. Poi ci ripensa e me ne dà un altro. È un cellulare.

– Lasci perdere il fisso e salvi questo, – dice. – Quando stabiliranno la visita, la chiamerò io. E se ci dovesse essere altro da fare la chiamerò sempre io. E, – sfila un bigliettino da visita dal suo cassetto, – se le venisse voglia di fare quattro chiacchiere, c'è un posto non troppo lontano da qui.

Il nome sul biglietto è inequivocabile. Un gruppo di auto-aiuto.

– Grazie, – rispondo solo per essere gentile, – ma questo per me non è un grande argomento di conversazione.

– Non se lo immagini come uno di quei luoghi tristi dove tutte parliamo delle nostre disgrazie, è un gruppo che si dà da fare, organizziamo eventi, raccogliamo fondi, andiamo a trovare le donne appena operate in ospedale…

Mi viene in mente che c'erano state un paio di signore che erano entrate in camera mia dopo l'operazione, cercando di manifestarmi la propria vicinanza, immagino. Le avevo mandate via in malo modo, o forse no, in quel momento non lo ricordavo.

– Ci penserò, – prometto, giusto per togliermi dall'imbarazzo.

Lei mi riconsegna le carte che non servono piú e mi sorride ancora.

– Allora si aspetti una mia chiamata.

Saluto e scappo fuori, non mi giro verso la stanza della tipa col caschetto.

Una volta in auto, piango per un quarto d'ora, senza nemmeno sapere perché. Forse è rabbia, forse è stanchezza, magari è solo sollievo.

Non ho alcuna intenzione di andare alle riunioni di quel gruppo, come non m'interessa memorizzare sul cellulare il numero di quella donna.

Farò entrambe le cose.

Teresa

(«Eto visto l'amore?»)

Viene tutte le settimane.

Abita dall'altra parte della strada, nella palazzina verde, l'ho conosciuta un giorno al Conad, mentre appendevo l'annuncio in bacheca.

«Cerco aiuto per persona molto anziana con disabilità, il sabato pomeriggio, orari da concordare». Lei lo ha letto che dovevo ancora attaccare l'ultimo pezzo di scotch, mi ha detto: – Vivo nella stessa zona, se le fa piacere potrei aiutarla io –. Stentavo a crederci. Sono stata costretta a riporre le mie speranze in un volantino in bianco e nero in A4, dopo avere esaurito il giro di amici e parenti, quello di «Forse mia zia conosce una», quello di «Entro lunedí prossimo ti dico», perfino quello delle agenzie di badanti. Non esiste nessuno che voglia lavorare mezza giornata a settimana, lo capisco bene. Ma io non chiedo, né potrei permettermi, di piú. Io e mia madre siamo sole. Mio fratello viene a coprirmi se devo andare a fare la spesa, certe volte la fa lui e ce la porta qui non appena esce dal lavoro, prima di ritornare a casa da sua moglie e le bambine. Non ho mai preteso piú di questo, né lui l'ha mai offerto. Spesso le cose sono chiare da subito.

Io invece non lavoro piú. O meglio: il mio lavoro è curare mamma, che non può essere mai lasciata sola. Avevamo pensato di metterle qualcuno in casa, ma il mio intero stipendio avrebbe finito per andarsene cosí, forse nemmeno sarebbe bastato. La soluzione è apparsa ovvia. Mi serve, però, un pomeriggio alla settimana per rifiatare. Ne ho bisogno. Per uscire, anche se poi non so mai cosa fare. Per andare a comprarmi un libro, bere un caffè, mangiare un muffin, accorgermi che è iniziata l'estate.

In quel pomeriggio, adesso, arriva lei.

Con mia madre la chiamiamo la Signora.

La Signora è poco piú vecchia di me, ha piccoli occhi nocciola e un'acconciatura démodé che profuma di pesca. Viene ogni sabato. Quando arriva, mamma è sempre contenta perché la Signora le lava i capelli, e a lei piace da morire sentire l'acqua tiepida sulle tempie, le mani che le accarezzano la testa, la spazzola che le massaggia la cute. Mentre glieli lava, parlano. Sono spesso discorsi di poco conto, battute sul tempo o su piccoli o grandi acciacchi, ma poi mia madre attacca a raccontare della storia d'amore con mio padre, nell'immediato dopoguerra. Io la storia la conosco a memoria. Anche la Signora, ormai. Però accondiscende alla richiesta di mia madre e la ascolta lo stesso, tutti i sabati.

La storia è sempre uguale ma, ogni volta, cambia in qualche dettaglio, oppure contiene qualche inattesa omissione; la memoria di mamma è un vecchio disco in vinile: capita che la puntina dello stereo salti un giro. In una versione mio padre era appena tornato dal fronte, e mia madre lo ha visto mentre era in risaia, in un'altra lo ha conosciuto in chiesa, in un'altra ancora lo ha incontrato che era in cammino per il campo e papà si è avvicinato e le ha offerto una mela. È demenza senile, ha detto il dottore. Andrà sempre peggio. Quel che non cambia sono le sensazioni, la maniera in cui mamma descrive ciò che provava per lui. Da quando c'è la Signora, certe volte, mi attardo in corridoio prima di uscire, perché mi piace ascoltarle.

Ieri per esempio ho fatto cosí.

Ero in anticamera, fingendo di cercare un ombrello, e mamma ha cominciato.

– Era piccolo e tozzo, gli mancavano due denti davanti, ma aveva lo stesso il piú bel sorriso che io avessi mai visto. I denti li aveva persi sul lavoro, per una miccia troppo corta. Era un cavatore, lavorava con il tritolo per estrarre il marmo, rischiava sempre di saltare in aria, neanche fossimo ancora in guerra. Questo fatto gli regalava un approccio alla vita leggero, senza troppi pensieri, viveva ogni ora in piú come un regalo insperato. Da maritati, la sera gli ungevo le mani con la cera disciolta nell'olio d'oliva. Passare su quelle mani, sulle crepe che ogni giorno si riaprivano e sanguinavano, era come accarezzare la superficie della Luna. Io mi occupavo della casa e qualche volta andavo in risaia. Per arrivare alla risaia, percorrevo quasi venti chilometri in bicicletta. Per raggiungere la cava, il mio Luigi faceva dieci chilometri a piedi in salita, con la bisaccia sulle spalle.

– Altro che palestra, – dice la Signora. Mamma sorride, mostra i suoi denti piccoli simili a quelli di una bambina.

– Dopo cena, la notte cominciava presto. Ma anche se era ammazzato di fatica, prima di dormire, lui voleva sempre fare l'amore. È un miracolo che siano arrivati solo due figli.

– Un miracolo? – ha detto la Signora.

– Perché non avremmo avuto da mantenerli.

– Giusto.

– Però, pure in mezzo alla nostra miseria, avevamo la dignità di due giovani sposi che cercano di farcela insieme. Eravamo a modo nostro felici. La felicità, purtroppo, la riconosci spesso dopo, quando non ce l'hai piú, – ha detto mia madre. Si è fermata e ha preso fiato. – Poi un giorno la cava gli ha portato via una gamba. Non il sorriso, però. Anzi, era come se l'incidente lo avesse pacificato. Era ora, diceva. Finalmente abbiamo pagato, adesso forse potremo essere liberi.

La Signora le stava passando la spazzola fra i capelli umidi, si è fermata.

– Liberi da cosa? – ha detto. – Pagato che?

Stavo per uscire, ma ho aspettato perché volevo ascoltare la risposta. Non avevo mai sentito questa parte della storia. Mamma ha ricominciato a parlare dopo un po', sembrava che qualcosa la trattenesse, quasi che i ricordi faticassero a venire in superficie.

– Mio padre non voleva che mi maritassi, – ha detto. – Non con lui. Non col Luigi.

– E perché?

– Luigi era siciliano, noi invece stirpe del Nordest da dieci generazioni, papà diceva che con quella gente lí non avevamo niente a che spartire. Che manco Garibaldi era riuscito a ficcargli un po' di sale in zucca. «Quei lí, qua, li fan lavorare solo con la dinamite perché tanto son già picchiati in testa! E poi cossa el ghe vegnúo a far qua, quando i nostri stanno migrando in Merica, – diceva. – A rubarme l'unica fiòla?» Allora mi proibiva di uscire, mi chiudeva in casa per giorni e giorni, non voleva che lo incontrassi manco per sbaglio. «Ché quei lí li conosco. Ti fan la cosa là, la fuitina, e alla fine la fiòla ce la devi dare per forza!» Era ossessionato. Una mattina Luigi, durante la mia clausura, mi lasciò un bigliettino sulla finestra. Sul biglietto era scritto, con una calligrafia storta: «Ti vogghiu bbene, ca lu Signuri t'abbinidici». Papà lo trovò, mi picchiò neanche fosse colpa mia, lo gettò nel fuoco, poi andò col Nando e il Bepi a cercare Luigi. Non fu difficile trovarlo. In tre gliene diedero cosí tante che i denti davanti, stavolta, li perse tutti. Per mettermi definitivamente al sicuro, ebbe una pensata: mi fidanzò col figlio del Bepi, senza nemmeno chiedermi se volessi. Quel che volevo io non era mai importante. «Almeno ti mariterai con un bon butèl de qua, – diceva, – non con uno che te làssa i foglietti in un'altra lengua!» «Babbo, ma io lo amo, il Luigi! Capite?» gli urlai in faccia quando mi comunicò la notizia. Mio padre si alzò e mi girò la faccia con un violento schiaffo. «L'amor l'è un lusso da siòri! – mi disse mentre sanguinavo sul pavimento, fra le braccia di mia madre. – E làssala stàr o ghe n'è anca par tí!» aggiunse nella sua direzione. «Non l'è mia cativo, – diceva mia mamma, – l'è solo ignorante, cerca di tenersi quel poco che ha». Ma è come uno che cerca di tenersi un campo dandogli fuoco: non puoi proteggere la vita soffocandola. Comunque, dopo le botte Luigi sparí dalla circolazione, pure in cava nessuno sembrava saperne piú niente. Si mormorava che fosse tornato giú, qualcuno disse di averlo visto ubriaco nel bosco, qualcuno fece girare la voce che si era messo con la Maria, di vent'anni piú vecchia, che abitava da sola sul monte, nella Casa Granda, e che si era sistemato cosí. «Eto visto l'amore? – mi diceva papà per canzonarlo, come parlasse di un disertore che si era buttato sul primo treno. – Eccotelo qua!» Una sera, era già buio da un pezzo, io ero sul letto in lacrime e qualcuno bussò alla finestrella della mia camera. Mi affacciai e trovai un altro biglietto. Lo lessi in fretta, lo infilai in bocca, lo masticai veloce e deglutii, per paura che mio padre scoprisse anche quello. Sul biglietto c'era scritto, con una calligrafia storta: «Ti libero iu, tu giuru». La mattina seguente mio padre saltò in aria nel campo di patate. Si disse che zappando aveva beccato una mina inesplosa, rimasta conficcata nel terreno dai giorni della guerra. Ma io sapevo che non era vero. Che fosse lí da allora, intendo. Lí ce l'avevano portata e l'avevano sotterrata, nel punto preciso in cui papà agganciava l'asino al carro, ogni mattina alle sei.

– Mio Dio! – ha detto la Signora. – Ma chi può essere tanto pazzo da sotterrare una mina?

– Eh, bisogna essere un po' picchiati in testa, – ha detto mia madre.

Il silenzio è calato nella stanza, io ero in anticamera con gli occhi spalancati e le mani a coprire la bocca.

– Ma, e dopo? – ha chiesto la Signora. – Che successe?

– Era piccolo e tozzo, gli mancavano tutti i denti davanti, ma aveva lo stesso il sorriso piú bello che io avessi mai visto, – ha ricominciato mamma, come se avesse dimenticato tutto quello che aveva appena rivelato.

– Teresa, che successe dopo? – ha ripetuto la Signora.

– E'to visto l'amore? – ha detto mia madre. – Eccotelo qua!

La Signora non ha insistito piú. Ha preso il fon, ha chiesto se poteva asciugarle i capelli, mamma ha fatto un cenno con la testa.

Il rumore elettrico ha invaso il soggiorno mentre il sole di giugno entrava dalla finestra, illuminando il sorriso da bambina di mia madre.

Brunella

(Voltando pagina)

Per esempio adesso, che sono su un regionale senza aria condizionata e allora abbiamo tutti i finestrini giú, e c'è questa giovane donna di fronte a me col suo bambino seduto a fianco, e il bambino sta leggendo un volume di storie di Paperino di Carl Barks che è grande la metà di lui, mentre lei legge i racconti di Čechov in una vecchissima edizione Mondadori, e si tengono per mano e si lasciano solo per voltare pagina, ma subito se la riprendono a ogni pagina nuova, e la ragazza con gli occhiali seduta nel sedile accanto al mio si è addormentata con gli auricolari affondati nelle orecchie e la musica a tutta, e nel sonno la testa le è scivolata sulla mia spalla, ma non voglio svegliarla e dirglielo perché mi sembra, il fatto che dorma sulla mia spalla, un piccolo gesto di inconsapevole fiducia nell'umanità, e un po' sorrido pensando alla punta di imbarazzo che forse avrà negli occhi quando se ne accorgerà, e un po' mi vergogno perché spero che il deodorante, dopo una giornata di lavoro, stia facendo ancora il suo dovere, ecco, sbircio la signora bionda dall'altra parte del corridoio, il suo riflesso nel finestrino. Mi capita spesso di osservare gli sconosciuti, di indagarne espressioni e movimenti, di immaginare storie. Stavolta invece è tutto vero e tutto surreale al contempo. La signora bionda avrà l'età di mia madre, cerca di terminare la lettura di un libro ma le palpebre quasi le si chiudono per la stanchezza.

Il libro che sta leggendo l'ho scritto io.

Non mi era mai capitato di incontrare una mia lettrice dal vivo. Vorrei alzarmi e dirglielo, sapere se le sta piacendo, ma qualcosa mi trattiene. Alla fine di ogni pagina solleva la testa e si guarda attorno, quasi volesse rammentare dove si trova: decine di facce distrutte come la sua, gli sguardi persi negli schermi degli smartphone, alla ricerca di una distrazione, una risposta. Una speranza. Sui treni è sempre piú difficile vedere individui che scambino due parole, anche solo di circostanza. Si viaggia chiusi dentro respiri corti, sospesi, si incrociano visi spesso pieni di timore. Chissà quand'è che ricominceremo a non considerarci piú una potenziale minaccia gli uni per gli altri, chissà fra quanto i treni riprenderanno a essere luoghi di incontro o di scoperta. Se penso che Gianni l'ho conosciuto proprio su un regionale come questo, io che tornavo dall'università, lui da un colloquio di lavoro. Inciampò nella mia valigia appoggiata accanto al sedile, ruzzolò a terra in mezzo al vagone, io non riuscii a trattenere una risata e lui, invece di arrabbiarsi, la ricambiò. – Piacere, Gianni, – disse tirandosi su. – Brunella, – dissi. Cominciò cosí, e sebbene la vita poi ci abbia portati altrove, sono stati anni che non rimpiango, non fosse che per il fatto che mi hanno permesso di scoprire chi sono davvero. È tutto raccontato nel romanzo che sta leggendo la signora bionda. L'ho scritto ormai quattro anni fa, se n'è parlato tanto, ha vinto pure un paio di premi. Da allora sto aspettando un'altra storia, che però non arriva mai. Forse per questo osservo con grande attenzione gli sconosciuti: non sai mai dove potrebbe annidarsi una suggestione o uno spunto.

Ho ancora due fermate prima di scendere. Di fronte alla signora bionda si è appena seduta una ragazza con i capelli lunghissimi e rossi e un giubbotto verde militare, lo tiene con la cerniera tirata su fino al collo, nonostante il caldo. Avrà vent'anni, forse venticinque ben portati, è molto bella. Ha un enorme livido bluastro proprio sotto l'occhio sinistro, e uno zigomo pesantemente tumefatto che è impossibile non notare. Mi passano per la testa tutte cose ovvie, poi penso che voglio scommettere sul fatto che, stavolta, la vita, ovvia non lo sia. La signora bionda non riesce a smettere di guardarla, proprio come me, non riesce a non fissare i lividi. La ragazza se ne accorge. Della signora, non di me. Si studiano in silenzio per circa tre secondi.

– Sono caduta con il motorino, – dice la ragazza, infastidita.

– Mi dispiace, – dice la signora.

– No, ma sul serio.

– Non ho detto niente, – precisa la signora.

La ragazza guarda fuori dal finestrino, la signora bionda no.

– E comunque non sono cazzi tuoi, – dice la ragazza. – Smettila di guardarmi.

– Ha ragione, – dice lei, – scusi.

La ragazza continua a guardare fuori dal finestrino, la signora riprende a leggere.

– In ogni caso, – aggiunge voltando pagina, – posto che non sono affari miei, ecco, io cambierei motorino.

La ragazza punta gli occhi verso la signora bionda. Si fissano ancora. Nessuno dice niente.

D'un tratto il telefono della ragazza squilla nella tasca del giubbotto. Lei lo tira fuori, legge il numero, esita, poi se lo rimette in tasca senza rispondere.

– Ci provo, – dice tornando a guardare fuori.

– Grazie, – dice la signora, e accarezza la copertina del libro.

Il treno entra in una galleria, la ragazza appoggia la testa al sedile, si infila degli auricolari blu nelle orecchie, chiude gli occhi.

– Mi svegli fra due fermate? – dice.

– Ci provo, – dice la signora.

– Ti sveglio io, – dico intromettendomi, senza pensarci. La ragazza sorride appena con gli occhi chiusi, accende la musica, arriva fino a qui, riconosco la canzone, è *Diamonds* di Rihanna. Il telefono squilla ancora ma lei non lo sente, o forse non vuole, nessuno glielo fa notare.

– Grazie, – dice la ragazza, non si capisce a chi.

Solo allora la signora bionda si volta verso di me. Mi vede. Poi controlla la quarta di copertina del suo libro, insomma del mio. Sulla quarta di copertina c'è la mia foto. La signora alza di nuovo la testa nella mia direzione.

– Ah, – dice, – ma allora è davvero lei, prima mi sembrava!

– Ah, sí, – dico.

– Il suo libro è davvero bello.

– Grazie, – rispondo imbarazzata, qualche passeggero mi scruta interrogativo.

– Senta, me la farebbe una firma? – dice. – Dovrei avere una penna in borsa.

– Con piacere, – dico. – A chi lo dedico?

– Mi chiamo Mira, – dice la signora bionda. – Mira Canestrini.

Non le dico che, di solito, nelle dediche, il cognome non si mette.

– Comunque ero sincera, – continua mentre firmo. – Lei ha la rara capacità di arrivare direttamente al cuore delle cose, senza tanti fronzoli.

– Allora siamo in due, – dico.

Sembra non capire, indico la ragazza che dorme di fronte a lei. La signora bionda sorride appena.

– Non volevo ascoltare, – dico.

– Non c'è niente di male ad ascoltare, – dice lei, – e poi voi scrittori non fate cosí? Non portate su carta la vita, non rubate le storie con gli occhi e con le orecchie?

– Ci proviamo, – dico io.

– Allora chissà che un giorno non mi possa ritrovare in un suo scritto.

– Chissà, – dico. – Potrebbe anche essere.

– E come lo chiamerebbe? – chiede incuriosita.

– Che cosa?

– Se dovesse scrivere un racconto su noi tre, – dice, e indica la ragazza alzando appena il mento, – come lo intitolerebbe?

Ci penso su per un attimo.

– *Maledetti motorini*? – dico. – Anzi no, meglio: *Voltando pagina*.

Lei mi guarda seria, poi si gira verso la ragazza che dorme, appoggia il libro sulle ginocchia e la testa allo schienale. Chiude gli occhi per un attimo.

– Sarebbe davvero un bel titolo, – dice.

Alma

(Il posto giusto)

Alma si sentiva terribilmente sola, affidò questo suo sentimento a una lettera.

«Non ce la faccio piú. Non sono mai riuscita a incontrare qualcuno che mi amasse. La vita mi è insopportabile!» e scrisse di seguito tutti i motivi per cui l'esistenza le appariva vuota e ingiusta. Era cosí sola che, ultimata la lettera, non seppe a chi mandarla. Aprí l'elenco telefonico, scelse un nome e un indirizzo a caso e spedí.

La lettera venne ricevuta da Franco. L'uomo lesse tutto e decise di inviare una risposta, dato che sulla busta era riportato il mittente.

Quando Alma la ricevette, si meravigliò come mai prima.

«Non ce la faccio piú nemmeno io, – lesse, – molto tempo fa ho incontrato una persona che mi ha amato per cinquant'anni e ora non c'è piú». L'uomo proseguiva elencando tutte le ragioni per cui riteneva che la vita gli avesse fatto un torto.

Alma scrisse ancora a Franco, Franco scrisse ancora ad Alma, andarono avanti per mesi. Ogni volta, al tempo della scrittura, si sommava quello dell'attesa per la risposta. Ogni volta, passavano almeno sette giorni. Interminabili. Inevitabili. Alma, attraverso quello scambio, scoprí un'intimità che mai aveva conosciuto, Franco una confidenza che gli era sembrata irrimediabilmente perduta.

Ci volle quasi un anno perché decidessero di incontrarsi.

Fu lei ad andare da lui.

Suonò il campanello piú volte, nella casa gialla con l'erba alta in giardino. Franco impiegò un po' ad aprire, perché a una parte di lui pareva di tradire sua moglie, anche se era morta da parecchi anni.

Non appena si affacciò sull'ingresso scoprí due cose: la prima, che Alma era piú bella di quanto si aspettasse, pur essendo piccola e un po' curva, o forse proprio per questo. La seconda, che lei aveva poco meno della sua età.

Alma, invece, guardando Franco ripensò a una frase che aveva letto da qualche parte, e che aveva sempre ritenuto illuminante: «È meglio avere amato e perso, che non avere amato mai». Scrutando il viso di quell'uomo, la sofferenza che l'aveva segnato, quelle parole non le sembrarono piú tanto vere.

Franco conosceva il dolore della perdita, Alma conobbe lo spaesamento del primo incontro. Entrambi decisero di superarli.

– Ci resta cosí poco, – disse lei una sera. – Perché la vita ci ha fatto incontrare solo adesso?

Franco la guardò, azzardò una carezza sui suoi capelli sottili. Non le disse quanto le ricordavano quelli della moglie. Non era importante, le persone ci ricordano sempre qualcuno.

– Cosí non faremo in tempo a stancarci l'uno dell'altra, – rispose.

Alma sorrise, Franco l'abbracciò e le loro labbra fragili si sfiorarono in un bacio.

Quando Franco morí, ad Alma sembrò di essere ripiombata nella sua vita precedente. Capí presto che sbagliava, perché l'amore ricevuto illuminava comunque le sue giornate, anche se ora la luce era meno forte. Lui era con lei, nonostante tutto.

Nei momenti in cui si sentiva particolarmente sola, affidava i suoi pensieri a una lettera. Si metteva seduta fuori, nella veranda di quella che era diventata la loro casa, e scriveva.

Gliel'aveva consigliato un'amica conosciuta in ospedale, durante gli ultimi giorni di Franco. Era lí per delle terapie pure lei, era stata cosí gentile, senza alcuna ragione.

– Scrivigli lo stesso, – le aveva detto, – riuscirai sempre a trovarlo nelle tue parole, è lí che continuerà a vivere.

Nella prima lettera scrisse: «Avrei voluto che tu mi conoscessi quand'ero bambina, perché avrei avuto molto piú tempo per stancarmi di te».

Nella seconda scrisse: «Avrei voluto conoscerti da ragazza, per donarti la pura gioia del mio corpo giovane».

Nella terza scrisse: «Avremmo potuto non conoscerci mai, per fortuna è successo».

Non aveva bisogno di spedirle a un indirizzo a caso, ora poteva finalmente custodire il suo dolore nel posto giusto.

Vera

(In fondo anch'io ho un trauma)

– Perché un viaggio cosí lungo? – chiese il ragazzo che le aveva aperto.

– Per me è un po' come il cammino di Santiago, – rispose Vera.

Il suo cammino di Santiago era partito da una placida città del Nord ed era terminato a Campobasso, in un canile privato, appena posto sotto sequestro e dato in gestione all'Ente nazionale protezione animali. Aveva letto la storia su Internet e aveva deciso che era un segno.

Vera non aveva mai avuto un cane.

Quando lei era piccola, la sua famiglia viveva in un condominio dove era severamente vietato tenere animali, e alla sua richiesta di avere un cucciolo i genitori avevano risposto con un laconico: «Non si può» ed era finita lí.

Le sue amiche, di animali, ne avevano. Una aveva due gatti, una un criceto, una diceva di andare a trovare il cane dei nonni in campagna, e a lei non restava che sperare di poter accarezzare un bassotto di passaggio nel parco giochi, o il cane del tabaccaio che dormiva sempre dietro il bancone. Non appena si era sposata, Andrea si era subito dimostrato un maniaco dell'ordine e della pulizia.

«Ti rendi conto di che cosa significherebbe avere un cane in casa? – le aveva detto. – Peli ovunque!»

Vera si era informata da un'amica veterinaria ed era tornata spiegandogli che no, c'erano anche razze che di pelo non ne perdevano affatto; i cani a pelo riccio, per esempio. Andrea aveva tradotto «cani a pelo riccio» con «barboncini», le aveva raccontato che sua nonna ne aveva avuto uno che da piccolo lo aveva morso ed era finita lí, per la seconda volta.

Quando erano arrivati Viola e Francesco, Vera aveva aspettato che diventassero grandicelli e aveva instillato in loro il desiderio di avere un cane. Francesco era molto cauto con gli animali che incontrava, mentre Viola era entusiasta.

«Papà, papà, ce lo prendi un cucciolo?»

Andrea aveva sbuffato, aveva detto che non era padrone nemmeno in casa sua, li aveva fatti giurare che avrebbero tenuto pulito loro tutto quanto, che il cane non sarebbe mai entrato nella zona notte, che per metà della giornata sarebbe stato fuori nel giardinetto, che a lui non sarebbe mai toccato portarlo a spasso, e alla fine, tra i denti, aveva acconsentito.

Vera era stata felice, non credeva che si potesse essere tanto felici per l'arrivo di un cane. Si era rivolta a un allevamento, non voleva indisporre Andrea piú di quanto non fosse già, il cane doveva rispettare i suoi standard: essere di pelo riccio, di corporatura non troppo grossa, e soprattutto doveva avere un carattere mansueto. La scelta era caduta su un lagotto, rigorosamente maschio, almeno non si sarebbero trovati le file di cani in calore davanti alla porta.

Per ottocentocinquanta euro si era portata a casa un batuffolino bianco e marrone di nome Charlie. I bambini erano impazziti. Andrea non lo aveva guardato neanche troppo storto, e lei quella sera si era addormentata libera da quel peso sul petto che sentiva da anni.

Una settimana dopo, Viola aveva iniziato a respirare male. Due settimane dopo, Vera riportava Charlie all'allevamento, perché Andrea aveva detto che non avrebbe fatto pagare a sua figlia il desiderio della moglie di avere una bestia in casa.

I bambini avevano pianto un po' e poi se ne erano dimenticati.

Vera ancora oggi è convinta che il suo rancore per Andrea abbia messo radici in quello specifico istante. Si erano separati quando i ragazzi erano stati abbastanza grandi da capire, e in fondo era stato un sollievo per entrambi. Viola aveva scelto di fare l'università a Bologna e si era trasferita, Francesco era rimasto con la madre, facendo avanti e indietro, e un giorno, a sorpresa, le aveva semplicemente detto che si era trovato un lavoro e che era andato a convivere.

Vera era rimasta sola, in una casa vuota.

Amava i suoi figli, aveva adorato crescerli e accudirli, ma era sempre stata vincolata dalla loro presenza. Ora non piú. Ora era il suo turno.

Aveva cercato su Internet, su consiglio di una cara amica che le aveva indicato alcuni siti – «È gente seria, – le aveva detto, – che tratta bene gli animali e li segue anche dopo l'adozione» –, ma non sapendo da dove partire aveva soltanto cercato di evitare l'errore commesso in passato: comprare un cane, scegliere una razza. Voleva che fosse un evento piú naturale. Mentre stava valutando gli annunci di alcuni volontari che proponevano cuccioli o cani adulti da dare in affido, si era ritrovata davanti l'appello per l'adozione di cani in questo rifugio-lager.

Tutti cani maltrattati, traumatizzati, non socializzati, che probabilmente avrebbero avuto bisogno di un lungo percorso con un educatore. Vera si rendeva conto di non avere nessuna esperienza per poter affrontare il trauma di un cane.

«Ma in fondo anch'io ho un trauma, – aveva pensato, – mi è stato negato per una vita intera qualcosa di cui sentivo il bisogno».

Aveva chiamato il rifugio e, contro ogni buonsenso, aveva acquistato chili di cibo per cani e svariati pacchi di biscotti Superpiú, aveva impilato coperte e cuscini nel bagagliaio, aveva comprato un separatore, un gancio per guinzaglio, due ciotole da viaggio, un raccoglitore meccanico di feci di cui le sfuggiva il funzionamento, ed era partita. Si era fatta centinaia di chilometri, fermandosi a dormire a metà strada perché non voleva essere troppo stanca quando avrebbe incontrato il cane, all'avvicinarsi del traguardo la sua ansia continuava a crescere.

«E se non passo il test? E se i volontari pensassero che sono un po' avventata a buttarmi cosí, senza paracadute?»

Era arrivata davanti al recinto di legno, in mezzo alla campagna, la puzza era terribile. Il ragazzo che le aveva aperto adesso le stava spiegando che i cani meno problematici erano stati trasportati in un diverso rifugio, ma alcune delle bestiole chiuse lí dentro non avevano mai conosciuto altra realtà e rifiutavano persino di farsi infilare la pettorina per andare a passeggio.

– Non sanno neanche cosa significhi, – disse.

Vera entrò, indossava la tuta da ginnastica comprata apposta per quell'avventura e le sue scarpe da tennis bianche. Il ragazzo le chiese se fosse sicura e lei disse solo: – Sí.

Lui aprí la zona di sgambo e Vera si vide correre incontro una trentina di cani di taglia grande, alcuni che avanzavano storti, altri decisamente vecchi, tutti puliti ma con il manto a sparuti ciuffi nei punti in cui se l'era mangiato via la rogna. Sapeva, sentiva, che quello era il momento: o si sarebbe pietrificata, oppure.

«Oppure» vinse.

Vera visse attimi di assoluta beatitudine, quando i cani la raggiunsero accalcandosi gli uni contro gli altri, saltandole addosso festosi o abbaiandole a due metri di distanza, ancora diffidenti. Erano tutti orribili, erano tutti bellissimi. Pensò che non avrebbe scelto, che non avrebbe potuto, che le sarebbe andata bene qualunque bestiola le avesse assegnato il volontario, quando vide, in fondo al recinto, qualcosa che si muoveva rasente la rete. Era un cane grosso e magrissimo, se ne stava curvo, come i gatti che fanno la gobba. Lo indicò.

– E quello lí?

– Ah, no, signora, non penso vada bene per lei. Quella è molto spaventata, la piú intimorita di tutti.

– È una femmina?

– Sí, è Lontra.

– Lontra?

Il ragazzo rise.

– La vecchia padrona che li teneva, diciamo cosí, aveva chiamato alcuni di loro con un nome di città, quindi c'erano Roma, Parigi, Berlino e Londra. Ma siccome la signora non sapeva parlare granché bene, ha sempre detto «Lontra», e il cane adesso risponde solo a quel nome lí.

– Cioè riconosce la differenza di pronuncia fra una *t* e una *d*?

– So che pare assurdo, ma sí.

L'enorme gatto con la gobba aveva appena voltato i tacchi e ora percorreva il bordo della rete nell'altra direzione.

– Cosa le è successo alla coda?

– Niente, ce l'ha tra le gambe.

– Ma non si vede nulla.

– Gliel'ho detto, ha paura. Dev'essere perché è un incrocio con una grossa componente di levriero, sono cani estremamente sensibili.

Vera osservò ancora Lontra che camminava con le quattro zampe quasi unite, sulla punta dei cuscinetti, come una ballerina spaventata.

– Voglio lei, – disse.

Vera e Lontra si fecero assieme le centinaia di chilometri del viaggio di ritorno, senza neanche una sosta, perché la donna era terrorizzata al pensiero di aprire il bagagliaio e vedere Lontra schizzare fuori e fuggire all'orizzonte. I volontari, nelle settimane seguenti, avrebbero mandato delle persone a controllare che tutto procedesse per il meglio, ma il primo passo ormai era fatto, nessuno gliel'avrebbe piú tolta, e fu con questo pensiero felice che Vera arrivò finalmente a casa.

Al sicuro in garage spalancò il portellone. Lontra non si mosse. Le agganciò il guinzaglio ma niente, se ne restava lí. La fissava con gli occhioni impauriti di chi si aspetta di essere ucciso in una maniera orribile, da un momento all'altro, e Vera avrebbe dato qualunque cosa per toglierle quello sguardo. Lasciò il bagagliaio aperto e preparò una ciotola di cibo da metterci dentro, accanto a quella dell'acqua. Lontra non mangiò e non bevve, del resto non aveva voluto bere nemmeno durante il viaggio, anche se in compenso aveva vomitato due volte. Vera si ricordò che aveva mezzo pollo arrosto in freezer, lo scongelò nel microonde, lo fece a pezzettini e glielo portò. Lontra non lo annusò neppure. Vera iniziò a pensare di avere commesso un errore. Ma cosa si era ficcata in testa? Non bastava aver desiderato un cane tutta la vita per diventare una brava padrona! Figuriamoci poi di un cane tanto traumatizzato. Sentí all'improvviso il peso del fallimento, si rese conto che i sogni, per quanto semplici, hanno bisogno di essere accuditi, fatti fiorire, non si possono affrontare con leggerezza, senza alcuna preparazione. Le veniva da piangere, non sapeva cosa fare, non sarebbe potuta mai rientrare in casa con il pensiero di quel cane paralizzato in macchina. Cosí andò in soggiorno, prese una coperta dal divano, spostò le ciotole di acqua e cibo e si sdraiò nel bagagliaio insieme a Lontra. Il cane la lasciò fare, con l'espressione di chi attende che la falce del destino si abbatta su di lui. Vera rinunciò a parlarle e ad accarezzarla, rimase semplicemente lí. E senza accorgersene si addormentò.

Si svegliò quando il chiarore dell'alba iniziò a filtrare dalle finestre del garage, e il suo primo pensiero fu che le faceva malissimo la schiena. Poi rammentò dov'era, si tirò su, si stropicciò gli occhi, e solo allora realizzò che il bagagliaio era vuoto.

– Oddio! Lontra!

Scese dall'auto, inciampò nella ciotola dell'acqua e quasi cadde lunga distesa. Si abbassò per sbirciare sotto la macchina, ma di Lontra nessuna traccia. Guardò dietro agli scaffali con i vasi in plastica e il terriccio per il giardino, ma niente neanche lí. Per caso le scappò l'occhio alla porta che dal garage portava in casa, la vide aperta.

– Ma ieri sera l'avevo chiusa, ne sono certa!

Imboccò le scale di corsa, salí due gradini alla volta, sicura che il cane fosse riuscito a raggiungere la porta d'ingresso e avesse aperto pure quella, o che avesse sfondato i vetri della finestra per fuggire, o peggio ancora che per nascondersi si fosse fatta del male. Si convinse che l'avrebbe trovata ferita, tagliata oppure fulminata per avere morso chissà quale cavo elettrico.

Entrò in soggiorno aspettandosi il peggio, e vide il cane lí, disteso sul divano.

Accanto a lei, un sacchetto di biscotti Superpiú sbranato e vuoto.

Sentendo i passi di Vera, Lontra sollevò il muso, si alzò in piedi sul divano, la coda diritta e regale. La fissava, nessun timore negli occhi, con uno sguardo che senza il minimo dubbio diceva: «Be'?»

A Vera tornò in mente quella cosa che aveva sentito dire, che il cane intelligente obbedisce, mentre quello piú intelligente sa quando disobbedire. Pensò che lei aveva obbedito tutta la vita e che, alla fine, non le era servito a molto. Si immaginò la faccia di Andrea alla vista di quel cane enorme dritto sul divano, ancora sporco di canile, e circondato da una miriade di briciole che affondavano tra frammenti di cartone sbavato.

Decise che nessuno avrebbe obbedito piú a nessuno, che da lí in avanti sarebbe stata solo una questione di fiducia. «Non lo è sempre, in fondo?» si disse.

Si avvicinò piano a Lontra, le si sedette a un metro di distanza, aspettò che fosse lei ad arrivare.

Lontra restò ritta sulle zampe per qualche minuto, la annusò fra i capelli e dietro le orecchie, facendole il solletico col pelo un po' ispido, quindi si accoccolò con il muso sulle ginocchia della donna.

Vera le sfiorò appena la testa con la mano, Lontra ebbe un piccolo sussulto ma non si allontanò, allora lei cominciò ad accarezzarla piano.

Entrambe chiusero gli occhi e rimasero lí, a respirare insieme, in attesa del nuovo giorno.

Marika

(Si può fare una pausa dall'amore per una persona?)

La Ragazza è in lacrime perché non capisce.

L'Uomo è andato a prenderla all'uscita dell'ospedale dove lei lavora come receptionist, l'ha aspettata in auto poco lontano, per non dare nell'occhio. Lo fa sempre.

Mentre usciva, la Ragazza ha incontrato nel parcheggio il gruppo di donne che vengono a dar sostegno ai malati oncologici, la piú anziana l'ha salutata, e in quel momento lei ha pensato all'Uomo, trecento metri piú in là, chiuso nella sua Bmw. Spera che lui non abbia visto la scena, prudente com'è, non vuole che si preoccupi per niente.

Non è successo, e ora è con lui: dopo cena sono saliti in collina e sono di nuovo insieme, solo questo conta. Pensa a quanto sta per dirgli, ciò che lui non sa ancora. Non fa in tempo.

La Ragazza non capisce quello che l'Uomo le sta dicendo. Fissa le sue labbra che si muovono come al rallentatore, sente la voce di lui che pronuncia frasi ma non ne afferra il senso. Cosa vuole dirle? Lei lo ama. Questa è la sola cosa importante, giusto? Il resto delle parole le sfugge.

Pausa? Lui ha detto «pausa», ne è sicura, ma che vuol dire? Si può fare una pausa dall'amore per una persona?

L'Uomo dice anche: – Per un po' niente telefonate.

– Però posso chiamarti ogni tanto, vero? – fa lei singhiozzando.

L'Uomo inizia a irritarsi perché il discorso gli sta costando fatica e lei non ascolta. Sembra stupida. E non si aspettava le lacrime, non cosí presto almeno. Lei gli stringe le mani mentre sta parlando e questo rende tutto piú difficile e lui vorrebbe solo farla scendere dalla macchina e andare a casa.

Osserva la Ragazza piangere e vorrebbe provare tenerezza, invece sente solo fastidio.

L'Uomo lo sapeva. Lo sapeva che non doveva mettersi con una ragazzina. Le ragazzine non capiscono mai. Le ragazzine si innamorano e pensano che la vita sia tutta lí, racchiusa nel loro sentimento narciso ed egoista. Lui invece è un uomo, ha famiglia. Ha delle responsabilità verso sua moglie e sua figlia, come fa lei a non capirlo?

L'Uomo dice: – Basta. È finita, smettila di piangere, su –. La Ragazza smette, ma dopo un po'.

L'Uomo le poggia una mano sulla guancia e le dice che è ora di andare.

La Ragazza ha gli occhi bassi, resta in silenzio. Passano circa trenta secondi cosí. Poi lei solleva la testa. Ha lo sguardo piú cattivo che lui ricordi, lo fissa e gli dice: – Sei solo un vecchio, – con la voce carica di disprezzo.

Bastano queste parole.

L'Uomo non capisce perché, ma inizia ad avere paura. Cos'è questa sensazione? È lui che la sta lasciando, no? Perché d'un tratto si sente cosí?

Lei continua a guardarlo e ride mostrando i denti, si asciuga le lacrime. Non gli ha ancora detto la cosa, non lo farà.

Lui la osserva e improvvisamente lei è bellissima, al punto da intimidirlo. Ora è l'Uomo a non capire.

La Donna apre la portiera e fa per scendere dall'auto.

Il Ragazzo che fino a due minuti prima era un Uomo urla: – Aspetta!

La Donna si volta, e con voce sprezzante grida: – Mi fai pena, coglione! Torna da tua moglie!

Il Ragazzo scende in preda al panico, corre verso la Donna urlando ancora: – Aspetta! Non andartene!

La raggiunge e la prende per un braccio e la tira verso di sé quasi con violenza e la bacia di un bacio vero, dolce e disperato.

La Ragazza dentro la Donna sorride.

– Mi ami? – dice.

– Sí. Ti amo. Ti amo, Marika. Non andartene, – risponde lui. All'Uomo sembra di non esserne mai stato cosí sicuro.

La Donna sa che non è vero, ma non lo dice alla Ragazza.

Il Ragazzo dentro l'Uomo dimentica la moglie, la figlia, le responsabilità e tutto il resto. E pensa per un attimo che, sí, forse la vita può essere davvero tutta lí, in quel sentimento narciso ed egoista.

Risalgono sull'auto parcheggiata nel sottobosco, fanno l'amore come due ragazzini, senza sapere con certezza se sarà un addio o un nuovo inizio.

Le parole dell'Uomo non ci sono piú e le lacrime della Ragazza sono sale sulla lingua e basta.

La Donna chiede di guidare sulla strada del ritorno.

Alla radio parte una canzone che entrambi ricorderanno per sempre.

Greta e Martina

(Non quel genere di amiche)

Non erano mai state quel genere di amiche.

Non di quelle che lo sono da sempre, per essersi ritrovate a crescere nello stesso condominio o per essersi incontrate in prima elementare, senza poi lasciarsi piú.

Si erano invece conosciute anni dopo, durante un'uscita didattica a un centro di riciclo, assieme alle rispettive classi della scuola media. Greta aveva fatto una battuta sul fatto che la plastica deriva dalla decomposizione di organismi viventi, e che magari in futuro qualcuno berrà da una bottiglietta che era stata suo nonno, Martina l'aveva guardata e aveva riso forte.

Erano molto diverse, sia nel fisico che nei gusti.

Greta era ancora un po' bambina, piatta come una tavola, la pelle bianchissima, aveva da qualche mese preso una deriva rock-metal, pur non capendo un accidente di quella musica, ma adorava il look che le consentiva di esibire.

Martina al contrario già donna, la carnagione sempre abbronzata e il corpo già formato, che lei faceva di tutto per mettere in evidenza con abiti firmati spesso eccessivi, era riuscita perfino a convincere sua madre a farle indossare gli stivali col tacco, a dodici anni.

Si erano piaciute subito, nonostante le differenze, perché entrambe avevano un marcato senso dell'umorismo e una certa propensione all'impudenza, insofferenti com'erano nei confronti dell'autorità. Avevano approfondito la conoscenza scambiandosi meme su WhatsApp, per l'intero viaggio di ritorno in pullman e anche la sera, poi si erano date appuntamento per l'indomani, durante l'intervallo, sui gradoni del cortile della scuola, dove avevano criticato in maniera spietata chiunque passasse loro davanti, ridendo come solo a quell'età. Erano diventate inseparabili.

Dopo il guado dell'estate, col passaggio dalle medie a due licei differenti, i genitori si aspettavano che si sarebbero perse di vista, invece loro avevano tenuto duro, ciascuna si era aggregata a una compagnia di ragazzi nuova di zecca ma, un passo alla volta, erano riuscite a far incontrare i rispettivi gruppi, di cui erano leader indiscusse, fino a fonderli in un'unica massa di adolescenti che si frequentavano pur appartenendo a mondi lontanissimi. Era bello e insolito vederli insieme, un misto di fricchettoni, ragazze-bene con gli accessori coordinati, punkabbestia e figli di papà che arrivavano in piazzetta in sella a una Ktm Duke.

Greta era partita per prima con l'esplorazione dell'universo maschile, spinta da una curiosità che non era mai riuscita a trattenere – né vedeva perché avrebbe dovuto farlo –, mentre Martina, piú schizzinosa e cauta, o forse solo piú esigente, aveva avuto giusto quelle due esperienze necessarie per fare curriculum. Il suo passatempo preferito era distruggere i ragazzi che frequentava Greta. Era una pratica che sfoderava soprattutto con lei, se capitava che ne parlassero, facendola spaccare in due dalle risate, ma, quando se ne presentava l'occasione, non aveva problemi a demolirli direttamente, con le sue battute feroci, con i doppi sensi sottili, che facevano passare per scemo o sempliciotto il malcapitato di turno.

A Greta importava poco o nulla. Le piaceva stare in coppia, le piaceva l'idea di avere un tipo o, comunque, qualcuno con cui mettersi alla prova, ma non si era mai davvero innamorata. Sceglieva un ragazzo che le sembrava carino, ci pomiciava un po', si faceva un sacco di selfie con lui, acconsentiva che allungasse le mani il giusto ma, non appena ne conosceva uno nuovo che riteneva piú interessante, mollava il precedente senza ripensamenti. Andava a colpo sicuro, Greta, sapeva di avere un look molto aggressivo che attraeva soprattutto un particolare tipo di ragazzi, aspettava solo che un lui la guardasse – in *quel* certo modo, – e faceva la sua mossa.

– Io lo so sempre, quando piaccio a qualcuno, – spiegava a Martina. – Vedo i suoi occhi diventare diversi.

I primi tre anni di liceo erano passati fra varie esperienze. Greta continuava a cambiare ragazzi, Martina continuava a cambiarsi d'abito ogni giorno, si faceva la piastra perfino se stava andando a dormire, ma degli uomini diceva solo: «Sono una manica di imbecilli».

E poi era successo.

Una sera, dopo aver finito insieme una vaschetta di gelato alla vaniglia e avere riso a crepapelle davanti a un film dell'orrore del secolo scorso, Martina aveva guardato Greta.

E Greta si era accorta che gli occhi di Martina erano diversi.

Aveva finto di dover andare di corsa in bagno ed era rimasta a fissarsi allo specchio. Si era di sicuro sbagliata, *doveva* essersi sbagliata, perché non gliene fregava nulla al mondo di quel che preferiva Martina, fossero uomini, donne, pansessuali o armadilli, non faceva alcuna differenza. Bastava che non si trattasse di lei. Perché a Greta piacevano i ragazzi, pur con i loro limiti e difetti, addirittura quando le apparivano incomprensibili e superficiali e stronzi. Era, questo, un fatto di cui era sempre stata sicura. Certo, le era successo di strusciarsi addosso a una ragazza, di toccarle o di farsi toccare il seno, lo aveva fatto ridendo, ma non aveva mai avuto il desiderio di andare oltre. Magari era un limite suo, magari se ci avesse riprovato avrebbe scoperto di essere piú aperta, meno inibita, oppure piú fluida. Fluida, come fluidi erano molti dei suoi amici, come fluida era forse Martina. D'un tratto, davanti allo specchio, aveva cominciato a collegare frammenti di discorso ascoltati negli anni, cose cui al tempo non aveva dato troppa importanza: Martina mentre le dice che il binarismo di genere non è che una trappola della mentalità patriarcale e maschilista, Martina che le racconta di Monica in disco vestita da ragazzo che riesce a farsi una, Martina che ipotizza quanto bello debba essere fregarsene delle convenzioni e guardare solo alla persona, andando oltre le norme identitarie solidificate. Eppure mai un dubbio aveva sfiorato Greta sui sentimenti o sull'orientamento della sua amica, forse anche per la femminilità esibita, eccessiva, sfacciata di Martina, quella stessa femminilità che adesso a Greta sembrava una specie di copertura. Del resto, sarebbe stato impossibile confessare a una madre come quella di Martina una cosa del genere. Greta era rimasta chiusa in bagno per quasi un quarto d'ora, persa nei suoi pensieri, e solo quando l'amica le aveva bussato alla porta si era sciacquata la faccia, aveva respirato forte, poi era tornata di là, facendo finta di niente, ma il tarlo aveva ormai iniziato il suo lavoro.

Nei giorni seguenti aveva continuato a osservare Martina di sottecchi, per capire meglio se la sua potesse essere stata solo un'impressione, se magari non avesse travisato. Si sentiva attraversata da un'unica, gigantesca paura: che Martina si dichiarasse all'improvviso, che scegliesse proprio lei, la sua migliore amica, per il suo coming out sentimentale. Rovinando cosí, forse in maniera irrimediabile, la loro preziosa amicizia.

Non si trattava di essere diverse, erano sempre state diverse, la forza del loro rapporto stava proprio in questo, ma non era possibile immaginare che una delle due fosse costretta a respingere l'altra. Soprattutto, quell'una non avrebbe mai voluto essere lei.

Greta aveva bisogno di prendere tempo. Tempo, prima che Martina tentasse un approccio piú esplicito, tempo per capire se lei, chissà, poteva trovare dentro di sé una minima possibilità di corrispondere la sua amica, per valutare se quell'amicizia inossidabile avesse magari, sul serio, le potenzialità per evolvere in altro.

Sapeva bene qual era l'unica cosa le avrebbe permesso di guadagnare tempo.

Doveva mettersi con qualcuno.

D'altra parte, l'interesse di Martina si era manifestato appena qualche sera prima, ed era successo – Greta ne era sicura – perché lei si era da poco lasciata con Diego. E Diego era venuto dopo Edo, Edo era venuto dopo Ricky. Ma ora non c'era piú nessuno a proteggerla, a fare da scudo, a darle fiato. Anche lei, se ne rendeva conto solo adesso, aveva avuto bisogno di coperture, di percepirsi sempre impegnata, per evitare di confrontarsi col vuoto che sentiva.

«Ma con chi posso mettermi?» si era detta.

Ripescare qualche ex? No, sarebbe stato crudele e ingiusto, e dopo sarebbe stata una faticaccia liberarsene. Trovare un ragazzo nuovo? Come poteva farlo cosí in fretta? Per quanto poco, ci voleva comunque tempo, per certe cose. Ed era stato lí che le era venuto in mente Tommaso.

Tommy, la mina vagante della loro compagnia, che ne frequentava pure un'altra, ogni tanto lo incrociavano sull'autobus, anche se per fortuna scendeva prima perché andava a seguire i corsi alla scuola professionale. Non era brutto ma era il classico affamato, gli bastava che una ragazza respirasse e lui ci provava. Aveva un'espressione allupata, faceva quasi solo battute a sfondo sessuale, probabilmente perché di sesso vero ne praticava pochissimo.

Ecco, Tommaso sarebbe stato perfetto per «coprirla» fino a che non si fosse schiarita le idee. Doveva inventarsi una storia che stesse in piedi, che potesse ingannare Martina; perché Martina non era stupida e non ci avrebbe mai creduto, senza una buona motivazione, che a lei potesse piacere uno come Tommy. Perciò, ben sapendo che all'amica certi locali facevano orrore e non ci sarebbe entrata manco morta, decise di accodarsi a un gruppo di gente esterna al giro della piazzetta, che quella sera sarebbe andato all'Alter. Tra loro ci sarebbe stato Tommaso, naturalmente.

«Marti, che fai, vieni?» le aveva scritto.

«Piuttosto mi do fuoco!» aveva risposto Martina.

Cosí Greta si era fatta carina, aveva raggiunto gli amici, aveva girovagato nel locale e, una volta individuato Tommaso, aveva buttato giú qualcosa di forte, poi gli si era avvicinata e aveva cominciato a fare la gatta. A Tommaso non pareva vero, neanche mezz'ora ed erano avvinghiati su un divanetto. I social le avevano risparmiato di doverlo dire alla sua migliore amica, nelle storie di Instagram era apparsa in tempo reale una loro fotografia con il titolo: *La strana coppia*.

– Ma sei cretina? – le aveva detto Martina.

– Che ci posso fare, Marti? È successo. E poi, guarda, so che non ci si crede, ma Tommy bacia davvero bene!

Martina si era lanciata nella solita sequela di improperi e Greta si era sentita in salvo.

Le cose erano tornate come prima, perlomeno in apparenza.

Non c'erano piú gli interminabili abbracci, le chiacchiere mentre una passava le mani nei capelli dell'altra, era stato eliminato tutto ciò che poteva apparire equivoco e, quando capitava, veniva prontamente buttata sul ridere.

Per Greta, ormai, era meno complicato uscire con Tommaso e strusciarsi a lui appoggiata a un muro ruvido, piuttosto che stare seduta sul letto di Martina a criticare insieme ogni foto delle loro amiche. Il disagio si era insinuato troppo in profondità, assieme alla vergogna.

Greta si sentiva uno schifo, si faceva una colpa di non corrispondere i sentimenti di Martina, ma d'altronde nemmeno aveva la certezza che questi fossero reali. Si dava dell'omofoba, della retrograda; perché non riusciva a essere meno rigida, meno schematica? Che cosa le faceva tanta paura?

– Cos'ho di sbagliato? – aveva chiesto a Tommaso.

– Per me niente, anzi sei proprio bella cosí, – aveva risposto lui, cercando un attimo dopo di frugare sotto la sua maglietta.

– Ma sei capace di dare una risposta solo con il cervello, senza che ci si metta di mezzo il cazzo?

– Tu lasciami mettere di mezzo il cazzo, e ti giuro che anche il cervello ragionerà meglio, – aveva detto lui, provando a scherzare.

Ma Greta non aveva riso, si era anzi inferocita, gli aveva tirato una ginocchiata proprio dove faceva piú male, lo aveva abbandonato sulla sua moto ed era scappata via, con un magone che sentiva crescere in gola. Doveva vedere Martina. Era corsa sotto casa sua, facendosi quattro chilometri a piedi, fino alla palazzina verde in cui abitava l'amica. Aveva visto una condomina che stava portando fuori l'umido, e avrebbe voluto aspettare che rientrasse prima di mandare un messaggio a Martina e dirle di scendere, ma non ce l'aveva fatta. Era scoppiata a piangere proprio davanti alla donna, si era appoggiata al portone per farsela passare, e la vicina le aveva detto: – Tutto bene? – Greta si era accorta che si trattava della signora bionda che si era trasferita nel condominio da poco.

Solo allora aveva sentito la voce.

– Gre'?

Martina era lí, dietro di lei, quasi si fossero date appuntamento, forse l'avevano davvero ed era lei a essersene dimenticata. Non importava, era la sua migliore amica e questo era sufficiente, anche se in realtà era proprio lei la ragione per cui stava piangendo.

– Non so piú che fare, Marti, – le aveva detto abbracciandola forte, senza pensare a nient'altro che alla voglia che aveva di stringerla, a quanto le mancasse quel che avevano.

– Lo so, *sweetie*, – aveva risposto Martina. – Nemmeno io –. Poi si era infilata poco sotto le sue lacrime e l'aveva baciata.

Greta aveva permesso che accadesse, anche di fronte alla signora bionda, che si era voltata prima di rincasare, era stanca di opporre resistenza, si era detta lasciati andare, magari scopri che ti piace, aveva stretto gli occhi e si era ripetuta: «Fluida come l'acqua, fluida, FLUIDA!»

Ma la verità è che non c'erano state farfalle, nessun calore al ventre, nessun giramento di testa e men che meno la sensazione di un nuovo approdo. Il problema non era riuscire a essere acqua, ma non aver sentito il fuoco. Essere baciata dall'amica era stato come essere baciata da un qualunque ragazzo che non le piaceva. E la cosa peggiore era che Martina se n'era accorta.

– Dovevo almeno provarci, – aveva detto. – Era da troppo che sognavo queste labbra.

– Oh ti prego, ti prego, Marti, ti scongiuro, restiamo amiche! Dimentichiamoci tutto, buttiamocelo alle spalle! Non voglio che cambi niente!

Martina aveva sorriso, ora le lacrime erano le sue.

– Gre', è già cambiato. E non oggi, è cambiato tanto tempo fa. Non è colpa tua, non fartene una colpa, si è come si è. Non è che non voglio, credimi, è che davvero: io non posso essere tua amica. Non ancora, non adesso. Non ci riesco piú.

E allora avevano pianto all'unisono e si erano abbracciate come se non avessero dovuto vedersi mai piú, e in un certo senso cosí era, perché ciascuna delle due stava dicendo addio per sempre a ciò che erano state insieme, a una cosa che non sarebbe mai piú tornata intera. Altro che quella cazzata del *kintsugi*, aveva pensato Greta, ci sono cose che quando si rompono non avranno mai oro intorno ma solo cocci aguzzi e freddo e vento e silenzio.

Finí tutto cosí.

Greta chiamò sua madre perché venisse a prenderla, anche se non avrebbe voluto, ma non aveva neppure la forza per respirare. Si rinchiuse in casa, per la tensione le era venuta la febbre, l'indomani non andò a lezione e nemmeno la mattina dopo. Spense il cellulare senza alcuna intenzione di riaccenderlo, per paura di ricevere un messaggio di Martina o, forse, per il terrore di non riceverlo affatto. Il terzo giorno suonarono il campanello e sua madre bussò alla porta della camera.

– Greta, hai visite.

L'ordine era stato che non voleva vedere nessuno, ma la mamma aveva uno strano tono nella voce, quindi lei non aveva ribattuto, forse era la nonna che le aveva preparato un dolce di pronta guarigione.

Invece la porta si aprí ed entrò Tommaso.

Aveva in mano una scatola di cioccolatini al latte che aveva tutta l'aria di essere stata riciclata da qualche festività. Greta lo avrebbe demolito subito con una battuta, se non gli avesse visto un'espressione tanto seria sul viso. Lasciò che si sedesse all'angolo del letto, nel posto che in genere occupava Martina.

– Sono uno stronzo, – le disse. Poi si strinse nelle spalle. – Però so che posso essere meglio di cosí –. Le allungò la scatola, Greta notò la mano che tremava appena.

Pensò che era tutto ridicolo e sbagliato e inopportuno. Che quei cioccolatini erano anacronistici, che non era manco San Valentino, che lei aveva scelto Tommaso solo come alibi e invece lui adesso era seduto di fronte a lei, in camera sua. Osservò gli occhi del ragazzo, considerò quanto fegato ci fosse comunque voluto per venire fino a lí, con una scatola di cioccolatini di merda.

Gli sembrò che in fin dei conti lui ci tenesse davvero, che il suo essere allupato e sopra le righe magari era la sua, di copertura, per evitare di sentirsi fragile, per darsi una scusa quando veniva respinto. Magari, semplicemente, nessuno gli aveva mai insegnato come fare.

In una sorta di incomprensibile accostamento le tornarono in mente le parole di Martina sull'andare oltre le apparenze e gli steccati, sul guardare sempre e solo alle persone.

Allungò la mano e prese i cioccolatini.

– Sono intollerante al lattosio, – disse un attimo prima di appoggiare le sue labbra su quelle di Tommy.

Lui alla fine baciava bene sul serio, i suoi capelli odoravano sempre di buono, ci teneva a lei e riusciva a chiedere scusa.

Greta non sapeva se questo sarebbe stato sufficiente, non c'è mai modo di saperlo in anticipo.

Ma pensò che aveva avuto inizi peggiori.

Aika

(Canzone d'amore)

Mamma ha detto che aspettiamo un fratellino.

Io sono contenta, però non capisco dove lo tiene, perché mamma il fratellino non ce lo ha nella pancia. È da lí che vengono i bambini, e anche le bambine, lo so pure se sono piccola. È che questo non sarà un fratellino come gli altri, ha detto mamma. Sarà speciale. Ho chiesto speciale come, e lei mi ha detto che avrà due mamme e una sorellina. La sorellina sono io, l'altra mamma non so.

Dev'essere bello avere due mamme. Dev'essere bello potersi scegliere la pancia in cui stare. Il fratellino ha scelto la pancia dell'altra mamma, perché si vede che in quella della mia non c'era abbastanza posto. Oppure voleva stare piú largo. Io penso di sapere il motivo, anche se mamma non me l'ha voluto dire.

Il mio fratellino è un gigante.

Nascerà super forzuto e mi proteggerà da tutti quelli che mi prendono in giro. Come Michele, che mi dice sempre caccamolla e poi mi tira i capelli e una volta mi ha appiccicato una caccola sulla guancia. Mamma ha detto che fa cosí perché gli piaccio. Perché i maschi sono strani, ha detto, e certe volte quando gli piace una femmina le tirano le trecce o anche i calci o anche fanno un po' quelli che sembra che tu non gli interessi tanto. Invece è il contrario. Invece è solo una forma di difesa, ha detto mamma. Perché i maschi qualche volta hanno paura ma non sanno come dirlo. Allora fanno gli scemi. O i prepotenti. Il mio papà secondo me ha avuto un po' di paura, per questo è andato via. Perché mamma e io eravamo due femmine. Ne ha avuta cosí tanta che è scappato fino in cielo.

A papà il fratellino piacerebbe. Magari, quando nascerà, lui verrà giú dal cielo per incontrarlo: gli dirà ciao, io sono il papà di questa bambina e pure il tuo. E abbraccerà la mamma e andrà da quell'altra mamma e le dirà grazie di aver tenuto il fratellino nella tua pancia enorme, perché sennò non nasceva.

Il mio papà non me lo ricordo tanto. Cioè, non mi ricordo piú bene la faccia. Invece mi ricordo l'odore, e pure che i suoi occhi erano chiari e le mani grandi. Quando mamma mi fa vedere le sue foto a me mi sembra sempre di guardare uno che non conosco. Ma adesso potrò conoscerlo meglio. I fratellini servono anche a questo, lo sanno tutti. Fanno tornare i papà.

Chissà di che colore avrà gli occhi. I giganti hanno gli occhi molto piú grandi dei nostri e poi quando li sbattono senti un rumore come di vento. Io lo so perché l'ho visto in un film in cui c'era un gigante gentile, e se sbatteva gli occhi i bambini quasi volavano via. Era un gigante che mangiava i cetrionzoli. Devo dire a mamma di comprare i cetrionzoli per quando il fratellino piangerà. Cosí poi li assaggio anch'io, magari mi piacciono.

Non capisco perché, però mamma mi ha fatto promettere di non dirlo a nessuno. Almeno per un po' sarà un segreto solo nostro, amore, quando me lo ha detto aveva gli occhi seri. Secondo me è perché il fratellino è un gigante, lo dicevo io. Le persone se sanno che nascono i giganti un po' si preoccupano. Io però vorrei dirlo almeno a Rebecca, che è la mia migliore amica, anche perché lei di fratellini ne ha due. Quando sono nati ci è rimasta un po' male perché la sua mamma non le voleva piú bene. Si occupava sempre di loro e ci dormiva insieme e gli dava il latte e non aveva piú tempo per giocare con Rebecca. Almeno lei aveva il papà che la portava al parco giochi e le comprava il gelato, io invece no.

Però io avrò due mamme, Rebecca non ce le aveva mica. Perché se un bambino che è il tuo fratellino sta nella pancia di un'altra mamma, allora quella è anche un po' mamma tua, no? Cioè, è cosí per forza.

Mamma e io, da qualche settimana, andiamo spesso al bar vicino al supermercato.

A me lí piace perché hanno i biscotti con dentro le gocce di cioccolato e la mamma mi lascia bere l'aranciata e ogni tanto mi fa assaggiare la sua cosa quella buonissima col nome strano, che sembra un cappuccino e invece non lo è. E poi è accanto al parchetto.

Un giorno che eravamo lí, è arrivata un'amica bionda della mamma che accompagnava una signora con un pancione enorme. L'amica della mamma è come una nonna, però senza nipotini. La mamma la conosce da poco ed è un peccato, perché secondo me sarebbe una brava nonna e tutte le volte che mi vede mi dà un lecca-lecca di nascosto. Non so perché, ma la mamma non se ne accorge mai. La signora col pancione enorme invece è piú giovane di mamma, ma io l'ho riconosciuta subito, anche se non l'avevo mai vista. Mi sono avvicinata e le ho detto tu porti nella pancia il mio fratellino gigante, vero? Lei ha sorriso, ma il suo era un sorriso un po' triste. La mamma si è alzata e le è andata incontro, si sono guardate in silenzio, poi ci siamo tutte sedute al tavolino.

L'altra mamma ha bevuto una cosa strana che si chiama caffè *decaffato*, o qualcosa del genere, però a me sembrava uguale a quello normale. Io sono andata a giocare nel parchetto con la nonna bionda che non è una nonna, mentre le mie due mamme parlavano. I grandi se non vogliono farti sentire i loro discorsi fanno cosí. Vai a giocare, ti dicono. A un certo punto le ho viste abbracciarsi, la mamma del fratellino mi sembrava che piangeva.

Quando siamo tornate al tavolo mamma mi ha fatto bere la sua cosa buonissima, poi le due mamme insieme mi hanno detto che niente fratellino. Io non capivo e ci sono rimasta male, loro se ne sono accorte. Sarà una sorellina, hanno detto.

Una sorellina secondo me è meglio perché le femmine non hanno paura di niente, quindi lei non andrà mai da nessuna parte e staremo sempre insieme. E poi le sorelline non ti rubano il bene delle mamme, neppure se sono in due.

La mamma mi ha detto che il papà non tornerà, perché dal cielo non ti lasciano mica venire via. Secondo me è perché saremo quattro femmine e allora lui è un po' spaventato.

Però io ogni tanto alzo il naso in su, guardo il sole fino a che non mi vengono le lucine negli occhi, poi li chiudo forte e mi sembra di vederlo. Quando arriverà la sorellina lo insegnerò anche a lei.

Guarda, le dirò, vedi lí in mezzo alle lucine? Se chiudi gli occhi c'è il nostro papà.

Allora lei mi chiederà se lo conoscevo, io le dirò che aveva un buon odore e gli occhi chiari e le mani grandi. E che mi ha voluta chiamare Aika, è un nome straniero che vuol dire «canzone d'amore», lo so perché me lo ha spiegato la mamma. E poi le dirò di non preoccuparsi, che sarò io a proteggerla, pure se lei è una gigante, perché anche i giganti a volte possono avere bisogno d'aiuto. E di non badare a Michele, perché alla fine ha solo paura anche lui, come tutti i maschi. E andremo insieme al parco giochi e il gelato glielo comprerò io, anche al gusto cetrionzolo.

Ho già cominciato a metterle via due lecca-lecca, senza dirlo alla mamma.

Perché le sorelle maggiori fanno cosí.

Rosi

(Marron glacé)

Oggi la signorina col camice mi ha detto che Mimmi è morta.

Me lo ha detto perché non volevo mettermi i vestiti che aveva scelto per me, quella gonna è troppo pesante e quando la indosso mi pizzicano le cosce. Ma la signorina insisteva, diceva che dovevo indossare per forza la gonna e anche il golfino grigio, perché dovevo andare a un funerale.

– Al funerale di chi? – ho chiesto io.

– Di tua figlia, Rosi, – ha risposto la signorina.

Allora mi sono lasciata vestire. La signorina deve essersi sbagliata, le succede spesso. Ci sono giorni in cui mi accompagna a incontrare una donna in giardino, una bella signora bionda già un po' in là con gli anni.

«Buongiorno», le dico ogni volta.

«Ciao, mamma», mi risponde lei.

Io allora guardo la signorina col camice e lei insiste che la signora è proprio lei, la mia Mimmi. Figuriamoci! La mia Mimmi è molto piú giovane di quella donna, è slanciata, ha preso dalla parte di mio padre, loro erano tutti alti, sia i maschi che le femmine, e tutti biondi e con gli occhi chiari, a parte il nonno Aldo. Ma io non voglio essere maleducata, e la donna che mi viene a trovare in giardino è sempre gentile, mi porta di nascosto i marron glacé e me li infila nelle tasche, raccomandandomi di non dirlo alla signorina. Ma la signorina li trova ogni volta e brontola perché dice che mi fanno male. Io lascio che me li prenda, senza protestare, perché la signorina qui dentro deve sopportarne già troppa, di gente che protesta. Certi lo fanno perché non viene mai nessuno a trovarli. Io invece sono fortunata, ho continue visite: quella donna in giardino, e pure una ragazza che dice di essere la figlia di Mimmi, mia nipote. Come se una bambina potesse essere madre di un'altra bambina! Ma questo non lo dico, perché la ragazza è sempre triste, sempre, ogni volta che viene. Lei e la donna del giardino non arrivano mai insieme, un giorno viene una e un giorno viene l'altra, di solito va cosí. Mimmi invece non viene mai, forse non è ancora tornata dalla colonia estiva. Era talmente entusiasta di partire, si era persino fatta tagliare i capelli corti, che dispiacere è stato. Mimmi con i suoi ricci biondi sembrava la bambina ballerina quella del cinema, chissà perché non mi ricordo mai il nome. E sono felice che si stia divertendo con i suoi amici, però mi manca. Ogni tanto mi telefona, la signorina me la passa, dice che è lei ma ha un vocione cosí basso, forse si è presa il raffreddore. Però io la riconosco lo stesso, soprattutto se si mette a cantare quella canzone sulle mele che le avevo insegnato da piccolina, e allora comincio a cantare anch'io e ci facciamo un sacco di risate. Mi piace sentirla ridere, è una ragazza cosí solare, beato chi se la prenderà, ma deve trovarne uno davvero alto, altrimenti lei e suo marito rischieranno di sembrare l'articolo «il». Sono una bella coppia, una sera sono venuti a cena, quando ero a casa, lui rideva con una voce fortissima e Mimmi si scusava, perché diceva che avrebbe incrinato i vetri. Un bel ragazzone robusto, un pomeriggio è venuto qui pure lui. O forse era il suo papà, perché aveva la stessa risata potente ma era molto piú vecchio, i capelli radi e grigi. Mi ha portato delle violette. No, magari erano primule, non ricordo bene, me le ha prese la signorina. Mimmi mi ha chiamata ieri per dirmi che non potrà venire per un po'. Mi è sembrata cosí malinconica, credo abbia nostalgia di casa. Ha continuato a dire che sono una brava mamma e che la torta di ricotta come la faccio io non la fa nessuno, allora le ho promesso che non appena tornerà gliene farò una, la troverà ancora tiepida. Se passeranno, ne darò una fetta anche alla ragazza e alla donna del giardino, e una alla signorina, anche se mi prende le cose. Oggi lei ha proprio la luna storta, lo vedo perché ogni tanto si stropiccia gli occhi con le dita, come se non volesse piangere. Mi ha pure un po' strattonata per infilarmi il golfino di cotone, poi mi ha chiesto scusa e mi ha abbracciata. Forse ha litigato con il fidanzato. È una questione di carattere, io non ho mai voluto litigare con nessuno, non mi piace, con Rino non ho mai litigato in tanti anni di matrimonio e neppure con Mimmi l'ho mai fatto, nemmeno quando lei si infuriava perché continuavo a chiamarla Mimmi, anche se ormai era diventata grande. Ma per una mamma i figli non crescono mai, neanche se sono alti come pertiche, perfino quando hanno figli anche loro, come la mia Mimmi, che un'estate ha avuto un pancione meraviglioso. Era ancora piú bella, era cosí felice, radiosa. Se oggi chiama le chiedo come sia andata a finire, con quel pancione là. Tanto non chiamerà, lassú alla colonia possono telefonare solo uno alla volta e chissà quanti bambini e bambine ci sono. Spero comunque che non lo faccia oggi, perché la signorina dice che devo andare a un funerale, perché Mimmi è morta e allora verrà a prendermi la ragazza sempre triste. Ma Mimmi non può essere morta, quando mai i figli muoiono prima dei genitori? È davvero una sciocchezza, però non dirò niente, non voglio brontolare, e poi i funerali mi piacciono, c'è tanta gente, tanti fiori. La ragazza triste è arrivata, ha gli occhi rossi, mi abbraccia stretta. Dice che il funerale è di sua madre, povera creatura, chissà che dispiacere.

La accompagno volentieri, magari lí incontreremo pure la mia Mimmi.

Isabella

(A nessuno piace la fisica)

– *Ti piace studiare, non te ne devi vergognare!* – le cantarono amici e parenti il giorno della laurea.

Lei rise, la corona d'alloro leggerissima in testa, il futuro che le si srotolava davanti in una lunga strada liscia. Com'era vera, quella canzone, come la sentiva sua.

Aveva sempre amato la scuola, addirittura fin da prima di andarci, da quando sua sorella tornava a casa con i compiti da fare e Isabella le si sedeva di fianco e fingeva di farli con lei, scrivendo su un bloc-notes della banca in cui lavorava la mamma.

«La scuola è una rottura! – diceva Agata. – Fossi in te non avrei nessuna fretta di andarci». Ma Isabella ne era irresistibilmente attratta. Era sempre stata la migliore della sua classe. A partire da quando era piú facile, alle scuole elementari, per proseguire con lo studio piú strutturato delle medie e infine il liceo scientifico, dove i suoi voti non erano mai scesi sotto il nove.

Giunto il momento dell'iscrizione all'università, i suoi avevano strabuzzato gli occhi.

«Fisica?»

«Sí, fisica».

«Come sarebbe, fisica? Perché mai?»

«Perché mi piace».

«Ma a nessuno piace la fisica!»

«A me sí!» aveva detto orgogliosa.

Erano stati anni stupendi, condivisi con i compagni di corso. Era cosí bello avere tante cose in comune, si era formato un bel gruppo di amici, giú a Napoli, dove si era trasferita. Tra un esame e il successivo aveva intrattenuto un paio di relazioni che sapeva bene essere destinate a finire, perché lei aveva altro da fare. Aveva concluso in maniera brillante il triennio e poi il biennio di specializzazione in fisica nucleare; ora l'aspettava l'Infn, a braccia aperte. Sarebbe stato necessario l'ennesimo trasferimento, ma Isabella era entusiasta per natura e le piacevano i nuovi inizi. I suoi genitori erano ancora sbigottiti.

– Roba da non credere, abbiamo un genio in famiglia! – dicevano.

Legò senza sforzo con i colleghi, in un ambiente dove la competizione si giocava solo sulle capacità. Era una gara bella, pulita, incoraggiante, e lei già si vedeva con qualche medaglia al collo. Adorava il suo lavoro, si trovava bene con il team, c'era persino qualche ex compagno di università con cui uscire, era tutto perfetto.

C'era, però, una parte della sua vita che restava scoperta.

A Isabella piaceva tantissimo fare l'amore, era qualcosa che mai avrebbe potuto negarsi.

A Napoli aveva fatto sua la frase «facimm' ammore», le piacevano tutte quelle *m* che le arrotondavano le labbra, le pareva un modo cosí dolce di dirlo, un augurio pieno di vita. E se qualcuno se ne usciva con la considerazione che non si trattava di amore ma solo di sesso, lei obiettava che no, era proprio amore, amore per sé stessa.

I ragazzi, Isabella li aveva scoperti presto, durante l'adolescenza. Ma era riuscita a non farsi mai appiccicare etichette addosso, sia perché i voti scolastici parlavano per lei e la tenevano al riparo da facili cliché, sia perché era troppo sveglia per consentire a insinuazioni sessiste di limitarla. Amava provocare, invece. Quando qualcuno le aveva dato della puttana, per esempio, lei per tutta risposta era andata a letto con il suo migliore amico, lasciando quello che la insultava a bocca asciutta. Era il suo modo per fronteggiare il fuoco con il fuoco.

Si piaceva, era sempre stata carina, sebbene fosse sua sorella Agata la bella di famiglia. Riteneva che il sesso fosse una benedizione e andava matta per i maschi. Le piacevano, amava il loro odore, cosí diverso dal suo, li trovava prevedibili nel corteggiamento e buffi nell'ostentare sicurezza, anche se poi, sotto le lenzuola, era lei a condurre il gioco.

Non appena si trasferí all'istituto, creò un account Tinder, perché era vero che conosceva già qualche uomo disponibile, ma non voleva mischiare piacere e lavoro.

Una volta alla settimana cercava on line un ragazzo nuovo, ci usciva a cena e regolarmente, al termine della serata, ci andava a letto. Quando i suoi partner venivano a sapere che lavoro faceva – ma glielo svelava dopo, per non intimorirli – tutti le dicevano la stessa cosa: per essere una cervellona, scopi da Dio. Anche in quei casi, Isabella se la rideva compiaciuta. Del resto, non che avesse mai nutrito dubbi in merito, da quel punto di vista era molto intraprendente, e poi il sesso le faceva bene, soprattutto perché non aveva alcuna remora a chiedere quel che le piaceva, e a ottenerlo, era da sempre il suo rimedio per spazzar via ogni negatività.

Una sera un tipo di Quarto Oggiaro, un certo Gianluca, arrivato al dunque la sorprese.

– Ci filmiamo? – disse.

Isabella ci stava pensando da un po', ma non le era mai capitata l'occasione giusta.

Accettò, a un'unica condizione.

– Lo facciamo con il mio telefono, però, – disse.

Non era tanto per tutelarsi da una possibile forma di revenge porn, era che davvero desiderava avere a disposizione il filmato per potersi rivedere. La prima volta lo guardarono insieme, ripetendo la performance poco dopo, quasi per gioco, dicendosi che avrebbero potuto migliorare. Quando Gianluca se ne andò, Isabella rimirò a lungo quel video casalingo, con le luci sbagliate e le inquadrature ingenue e nessuno zoom sulle parti piú interessanti. Fu scontenta perfino dell'audio, terribile, in pratica inesistente, anche perché lei stava in un piccolo monolocale dalle pareti sottili, e lo avevano fatto a bassa voce per non farsi sentire dai vicini. Pensò a quanto sarebbe stato bello poter essere libera di gemere, gridare, magari alla luce del giorno e riprendendo ogni istante con una definizione migliore.

Al lavoro le cose andavano bene, decise di investire una bella fetta di stipendio per acquistare una videocamera di buon livello e alcuni faretti, creando un piccolo set intorno al suo divano ad angolo. Si comprò della lingerie strepitosa e prese appuntamento con un ragazzo nuovo, scegliendolo con cura tra i meno palestrati e soprattutto non depilato, addirittura irsuto, perché aveva già in mente il titolo per questo suo primo, vero film amatoriale: *La ragazza delle caverne*. Rise da sola al pensiero.

All'inizio lui sembrò titubante, lei quasi si pentí della scelta, ma dopo un po' di riscaldamento funzionò tutto a dovere. Il video venne benissimo, Isabella lo guardava in continuazione, le piaceva ogni cosa: i corpi che si accarezzavano e intrecciavano, l'espressione del suo viso, il contrasto con il fisico del ragazzo. Si rese conto che avrebbe tanto voluto mostrarlo a qualcuno, anche se sapeva che il luogo comune pretendeva che certe cose restassero fra le mura domestiche. Perché la verità era che un sacco di gente si filmava, si fotografava, usava sex toy, ma era un tipo di piacere che doveva sempre rimanere riservato, coperto, celato agli occhi del mondo. Isabella odiava quest'ipocrisia. Per lei il comportamento sbagliato, biasimevole, era proprio nascondersi.

In fondo, che faceva di male? Era giovane, bella, consenziente, si divertiva e faceva divertire il ragazzo che era con lei, perché non avrebbe dovuto condividere la bellezza di quei corpi e di quella gioia?

Si decise. Salvò il filmato sul computer e lo caricò su una piattaforma per maggiorenni.

Fu la prima ad andarselo a riguardare, si piacque ancora di piú vedendosi sullo schermo del pc, andò a dormire soddisfatta.

Il mattino dopo, a svegliarla fu un messaggio su WhatsApp di un compagno del liceo. Sembrava il classico virus: «Ehi, sei tu in questo video?», ma Isabella senza pensarci troppo rispose che certo, sí, era lei con un suo amico. Aggiunse pure una faccina sorridente. L'altro rispose solo: «Ah».

Mentre andava al lavoro, iniziò a ricevere messaggi dai restanti compagni di classe e anche da un paio di ragazze con cui era rimasta in contatto.

– Isa, ma tu lo sapevi? – disse Marina al telefono, sconvolta.

– Certo che lo sapevo, l'ho girato e caricato io! – disse lei.

– Guarda che me lo puoi dire, eh, guarda che siamo in tempo per bloccarlo, mi sono consultata con un avvocato che conosco e dice che se vai subito alla polizia postale ci sono buone possibilità.

Isabella era in parte interdetta e in parte divertita. La sua amica aveva «consultato un avvocato». La sua amica che, a dirla tutta, non era mai stata una cima. Pensò che doveva prenderlo come un gesto di affetto, in fondo si preoccupava per lei. La rassicurò, le confermò ancora che il video lo aveva girato lei e, sí, proprio lei lo aveva messo di sua spontanea volontà in rete. Aggiunse che era adulta e vaccinata e che non stava danneggiando nessuno. Non c'era motivo di allarmarsi.

La telefonata seguente fu quella di suo padre. I toni cambiarono completamente e Isabella troncò la chiamata di netto quando arrivò al lavoro. Almeno lí nessuno ne sapeva nulla. D'altronde, era normale che il filmato si fosse subito diffuso nella sua cerchia di amicizie, ne basta uno che lo veda per fargli fare poi il giro, comprensibile anche che qualche anima pia lo avesse mandato ai suoi, nel paradossale tentativo di proteggerla, già si figurava la strigliata che le avrebbe dato sua madre, ma pazienza. In fondo lo aveva pubblicato proprio per questo, no?, si diceva. Perché fosse visto.

La sera tornò a casa con il telefono spento per non ricevere ulteriori sorprese, e trovò sua sorella Agata davanti alla porta. Non tardò a farle sapere il motivo della visita. Isabella le chiese se fosse impazzita, farsi un viaggio fino a lí per una cosa da niente, e l'altra le mollò un ceffone. L'ultima volta che si erano picchiate Isabella aveva otto anni, Agata undici.

– Ti rendi conto di quello che hai fatto alla mamma, almeno? L'hai quasi uccisa! – urlò Agata.

Isabella era allibita. Uccisa? Per un video in cui lei faceva l'amore? Ma come, sua madre non se lo immaginava che lei avesse rapporti? In famiglia erano sempre stati di ampie vedute, il sesso non era considerato un tabú, Agata stessa, una sera che i loro genitori erano rientrati in anticipo, era stata beccata in camera con il suo ragazzo. La sorella proseguí la scenata, Isabella la fece entrare perché non voleva disturbare i vicini, che già si erano affacciati per le grida. Quando Agata vide il divano del filmato con il ragazzo, disse che doveva andare in bagno a vomitare.

Il resto della serata lo trascorse metà piangendo e metà sbraitando.

– Devi levarlo subito, subito, maledizione! Altrimenti nessuno della famiglia avrà piú il coraggio di uscire di casa per la vergogna!

– E perché vi dovreste vergognare voi, scusa? – disse sorpresa Isabella. – Ci sono io, nel video, e io non mi vergogno!

Mancò poco che Agata le mettesse di nuovo le mani addosso.

– Se non lo togli, per me sei morta, – disse mentre se ne andava.

Solo allora Isabella riaccese il telefono, per provare a parlare con i suoi.

C'erano un sacco di messaggi, quasi tutti di persone che appartenevano alla sua vita di prima. La maggior parte esprimeva preoccupazione, una percentuale la condannava, qualche idiota faceva battute; due erano carini. Uno era del ragazzo con cui aveva girato il filmato, che la rimproverava scherzosamente di non averlo avvisato prima di metterlo in rete, e confessava anche di ammirarla per il coraggio. L'altro era di un compagno dell'università che le diceva di avere sempre saputo che era troppo intelligente per farsi condizionare dalle convenzioni. Le fece tanto piacere, dopo la giornata che aveva passato. Andò a letto decidendo di non pensarci piú. Senza sospettare che era appena l'inizio.

Il giorno seguente i messaggi raddoppiarono, il terzo triplicarono, forse perché qualcuno aveva diffuso il suo numero di telefono.

Ora, assieme a sermoni che pretendevano di indottrinarla su ciò che era bene e ciò che era male, c'erano quelli di gente che si offriva di fare sesso con lei. In principio lasciò correre, non le sembrava una cosa su cui perdere del tempo, finché non arrivarono le prime minacce.

Isabella non era tipo da farsi intimidire, e pensò che la via piú semplice per chiudere la faccenda fosse denunciare la diffusione del proprio numero senza autorizzazione, e poi cambiarlo. Al commissariato le dissero che doveva andare a fare denuncia alla polizia postale, per far togliere il video, ma Isabella si oppose: il video era solo la causa scatenante, e specificò che lei non aveva alcun problema a lasciarlo in rete, anche perché, a questo punto, era diventata una questione di puro principio. Voleva però risolvere la faccenda del telefono.

Le consigliarono di limitarsi a buttare la scheda e a comprarne un'altra. Lei volle sporgere denuncia contro ignoti.

Cambiò la scheda, si salvò solo i numeri importanti, quelli delle persone che avevano capito o che, comunque, non avevano trasceso. Comunicò il cambio a un gruppo ristretto, tra cui i colleghi di lavoro. Dopo qualche tempo, cominciarono a guardarla in modo diverso anche loro, ci furono risatine, qualche battuta. In capo a tre settimane dalla pubblicazione del video, sul muro della palazzina in cui abitava comparve la parola, scritta con lo spray rosso, a caratteri cubitali: «TROIA».

L'amministratore la chiamò, Isabella fece levare la scritta a proprie spese e ridipingere quella parte di muro, quattro giorni piú tardi se la ritrovò uguale, ma eseguita con lo spray nero.

Non c'era una persona che la trattasse come prima, non un vicino di casa, non un collega, nemmeno i negozianti presso i quali andava a fare la spesa. Al telefono, sua madre continuava a piangere.

– Ma perché? Una ragazza come te, che ha studiato tanto! Perché? – ed era inutile ogni risposta.

Suo padre non le parlava piú, sua sorella aveva mantenuto la promessa di tagliarla fuori dalla propria vita.

Isabella era rimasta sola, a tutti gli effetti vittima di una sorta di revenge porn all'incontrario, una vendetta da parte di chi usava contro di lei la sua sessualità libera. Di che si vendicavano? Del fatto che fosse contenta, forse. Perché il sesso le piaceva, perché farsi vedere mentre lo faceva le dava soddisfazione, perché per lei dire «facimm' ammore» era la cosa piú bella e naturale del mondo. La punivano per la sua gioia. Perché non subiva il piacere altrui, ma era protagonista del proprio.

La sera in cui successe, non era neanche troppo tardi. Aveva fatto la spesa, stava tornando a casa, notò che c'era questo gruppo di ragazzotti che le pareva la stesse seguendo. Ne ebbe la certezza all'ultimo, quando la fermarono e la trascinarono in un vicolo. Erano giovani, probabilmente nemmeno maggiorenni, avevano bevuto. La malmenarono, dopo averla insultata, alcuni le sputarono addosso, se la sarebbe vista davvero brutta se alcuni passanti non fossero intervenuti e non avessero chiamato la polizia.

Raccontò di nuovo l'intera storia. Negli occhi degli agenti non poté fare a meno di leggere la conclusione: se l'era cercata. Fra i testimoni, l'unica a seguirla in commissariato era stata una signora un po' anziana dai capelli biondicci, al volante di una Punto bianca, gli altri avevano trovato delle scuse, non appena scoperto chi fosse lei.

– A me non interessa un accidente di cosa abbia fatto questa ragazza prima di stasera! – protestò a voce alta la signora. – Niente al mondo dà il diritto di mettere le mani addosso a un essere umano!

Isabella le fu grata, proprio perché era una donna pure lei, e perché era di un'altra generazione.

All'uscita si scambiarono il numero, come due vecchie amiche.

Da quella signora ricevette in seguito solo messaggi premurosi, mai le arrivò una domanda inopportuna. Mai un giudizio sprezzante o non richiesto.

Il direttore dell'istituto la mandò a chiamare che l'occhio nero era ancora gonfio. Lui era imbarazzato, lei rassegnata.

– Ci ha messo in una posizione un po' scomoda.

– Quel che faccio fuori da qui non vi riguarda, – rispose fiera Isabella.

Si fissarono a lungo. Lei sapeva di essere una risorsa per il dipartimento di ricerca, e che se l'avessero licenziata ci avrebbero perso, vanificando il lavoro fatto fino a lí. Lui, invece, pensava che avrebbe solo tagliato altri rami secchi, sebbene naturalmente fosse molto piú complicato di cosí. Alla fine, il direttore sospirò.

– Se vuole proseguire con questa sua… – disse cercando le parole, – insomma… attività, diciamo, potrebbe almeno omettere il suo vero nome? Usi un nome d'arte, magari una maschera, ci renderà le cose piú semplici.

Lei la trovò una richiesta comprensibile e annuí. La cosa del nome era stata una vera ingenuità, del resto non è che ci volesse quello, per riconoscerla. E non erano certo gli occhi, quel che le interessava mostrare nei video. Si rese comunque conto di avere ottenuto la sua prima, parziale vittoria in quella lunghissima guerra appena iniziata.

– Poi ha ragione, – aggiunse l'uomo, – quello che fa fuori da qui non è affar nostro. E quello che fa qui dentro è un ottimo lavoro. Ma, la prego: sia piú prudente.

Isabella lo ringraziò e per quel giorno tornò a casa in anticipo.

La scritta coperta per la seconda volta si intravedeva ancora sotto lo strato di vernice. Aprí la porta, entrando nel monolocale si tolse le scarpe, si versò un bicchiere di vino e si sedette sul divano. Prese il telefono, lesse qualche notizia, poi andò sulla app di incontri.

Scelse un ragazzo carino, biondo, dall'aria sveglia e simpatica.

Gli scrisse un unico, breve messaggio:

«Ciao, ti va di fare un video?»

Emma

(Una resa incondizionata)

Tutto cominciò con la Punto bianca di mamma ferma nel vialetto, papà che cercava di trovare la perdita nel radiatore, in sottofondo il brusio dolce delle cicale che sanciva l'inizio dell'estate. Il Duemila era al suo esordio, io ero al primo anno di giurisprudenza e il mio mondo, tutto ciò in cui avevo creduto fino a lí, stava per andare in pezzi.

Lei era sempre stata una buona madre, una moglie devota, un'ottima professionista, o almeno questo è quanto aveva voluto farci credere. Invece a una via di fuga aveva già pensato prima. Immagino che una parte di lei ci avesse pensato addirittura prima di sposarsi. È questo che non potrò mai perdonarle: sapeva sin dal principio come stavano le cose, solo che aveva voluto anche tutto il resto.

Insomma, non fu la separazione in sé. Separarsi fa parte della vita, l'amore comincia e finisce, come ogni cosa. O perlomeno arriva a un punto in cui uno dei due capisce che ha terminato la benzina, che non ha piú voglia di lottare per entrambi. Di solito, accade a quello dei due che è meno amato. Ma lei, Dio mio: papà l'adorava.

Mamma si affacciò alla finestra del soggiorno e lo chiamò dentro, lui disse: – Un attimo, che devo versare il turafalle –. Lei disse: – Antonio, vieni subito. Per favore, – e lo disse con quel suo tono mellifluo ma perentorio che spesso avevo sentito negli anni dell'adolescenza, che le invidiavo e che avevo sperato, in futuro, di ereditare.

Mio padre sorrise, sapeva che era inutile opporsi, posò la bottiglia di plastica a terra, riavvitò il tappo e chiuse il cofano dell'auto.

Io ero seduta sul divano, mamma aveva voluto anche me, ero troppo grande per essere tenuta all'oscuro di una cosa del genere. E poi suppongo che avesse pensato fosse meglio affrontare la tempesta una volta sola.

Disse la frase che papà era di spalle in cucina, a prendersi una birra dal frigo. Ancora oggi non so se lui non l'avesse davvero capita, o se il suo subconscio cercasse di proteggerlo.

– Tranquilla, è quasi a posto, – rispose lui. – Secondo me è stato quando la settimana scorsa hai tamponato la fioriera, – e bevve un sorso.

– Ma di che stai parlando? – disse mamma.

– Il radiatore, – disse lui. – Non è affatto al capolinea.

– E chi ha parlato del radiatore? Ho detto che secondo me siamo arrivati al capolinea, Antonio, – disse lei. – Penso che me ne andrò.

Lui la guardò come se fosse appena tornato da un altro pianeta.

– Cosa? – disse.

– Mamma? – dissi io.

– Antonio, vieni qui, dài, – disse lei, col suo tono accomodante. – Siediti.

Papà si avvicinò e le si sedette accanto, io ammutolii.

– Pensavo che il nostro fosse un buon matrimonio, – disse papà, d'un tratto spaventato.

– Lo è stato, e sono stata anche felice con te.

– Se sei stata felice, perché vuoi buttarlo via?

– Non butto via niente. Siamo stati bravi come marito e moglie, abbiamo fatto del nostro meglio. Ma ora che il lavoro è finito, – disse indicandomi, – credo che possiamo voltare pagina.

– Un lavoro? È questo che sono stata per voi? – dissi.

– Per me non lo sei mai stata, – disse papà, fingendo un'espressione rassicurante.

– Emma, non fare la bambina. Hai capito in che senso lo dico.

– Stai dicendo che tu e papà siete stati insieme solo per me? Che tu sei stata con lui per ventuno anni solo perché eri una madre, anche se in realtà avresti voluto lasciarlo?

– No, amore. Sono stata dove ho voluto finché ho voluto, nessuno mi ha costretta a fare niente. E non esiste figlia al mondo piú desiderata di te.

– E allora che volevi dire?

– Voglio dire che, a volte, ci sono cose a cui riesci a dare un nome solamente con il tempo.

– Quali cose? Che tempo? Ma che discussione è? – dissi.

– Non è una discussione, – disse lei. – È una confessione. Volevo che lo sapeste da me, volevo spiegarvi tutto per bene io, prima che potesse arrivarvi qualche voce.

– Qualche voce? – ripeté papà. – Mira, voci di che?

Mamma prese fiato, abbassò gli occhi, poi li rialzò su di lui.

– Mi sono innamorata di un'altra persona, – disse. – Ho fatto di tutto per oppormi, ma è un sentimento che ha risvegliato in me qualcosa che non riesco piú a controllare. Non voglio ingannarti, Antonio. E non voglio ingannare te, Emma. Quindi non mi resta che questo.

La conversazione proseguí, con lei sempre piú calma e papà sempre piú confuso e infervorato, mentre io ero davvero incapace di credere alle mie orecchie. Da quanto l'aveva deciso? E perché tanta sicurezza, la volontà di abbandonarci come fossimo una zavorra, senza nessun apparente pentimento? Proprio lei, che mi aveva insegnato l'importanza della famiglia, della responsabilità, che mi aveva costantemente spinta a distinguermi anche quando avrei avuto voglia di confondermi, quando mi sarei sentita piú a mio agio fra gli ultimi. Lei che mi aveva incitato a diventare la versione migliore di me stessa, a vivere secondo le sue regole di onestà e rettitudine, a rispettare gli impegni presi, a proteggere e curare gli affetti. E ora proprio quella donna stava accettando che la sua famiglia si disperdesse al primo vento? Quelle regole, all'improvviso, non contavano piú?

– Emma, senti, – disse.

– No, – dissi io.

Fu quello il momento in cui abbandonai la stanza.

Da qui in avanti, delle parole che ci furono dopo, io conosco solo la versione di papà.

Lei gli disse che non vedeva piú il motivo di vivere insieme, che non voleva fare male a nessuno, ma che continuare a condividere il letto con lui le sarebbe sembrato ingiusto, quasi insopportabile. Lui le chiese chi era, domandò da quanto tempo, le solite cose contro le quali si infrange l'orgoglio degli uomini. Lei rispose che il sentimento era esploso già da un po', per questo era cosí sicura, ma che non era mai andata oltre. Non ancora, almeno. Lui le chiese di restare, la implorò, si umiliò, le domandò addirittura di farlo con lui un'ultima volta, nel tentativo di ricordarle quel che avevano o quel ch'erano stati, come se questo potesse cambiare i fatti. Senza capire che le stava chiedendo proprio ciò di cui mamma aveva piú paura: toccare ancora il corpo di mio padre, profanare il suo, che ormai lei considerava già promesso al suo nuovo amore.

Mamma, va detto, fu conseguente rispetto alla sua decisione.

Infilò pochi abiti in una valigia e se ne andò l'indomani stesso, a bordo della sua Punto bianca. Scoprii in seguito che papà aveva finito di aggiustarle il radiatore durante la notte, e questa cosa mi straziò il cuore.

La chiamai dopo un paio di giorni e le dissi che non volevo piú vederla.

Nessuno credeva facessi sul serio, perfino papà pensava a una frase dettata dall'ira, che sarei tornata sui miei passi, invece tenni fede alla mia parola.

Lei non insistette, almeno non subito, forse riteneva giusto punirsi per lo smottamento che la sua decisione aveva provocato. Forse aveva solo paura. Poi, col tempo, cercò piú volte un contatto. Voleva riparlarmene, spiegarmi meglio le sue ragioni, tentare un riavvicinamento, ma io rifiutai senza ripensamenti. Proprio come lei aveva fatto con noi. Non riuscivo a dominare la rabbia. Avevo la sensazione che mamma, prima ancora di mio padre, suo marito, avesse tradito me. Ciò che mi rendeva davvero furente era che, sulla carta, non aveva tradito nessuno. Perché ce lo aveva detto prima. Perché era stata onesta e corretta, perfino stavolta, nessuno avrebbe potuto criticarla per questo. Ma anche gli onesti possono trafiggerti con una lama, soprattutto se sono coloro ai quali hai affidato il tuo cuore.

Col trascorrere dei mesi cominciai a pensare che se non me ne facevo piú niente dei nostri ricordi felici, che ora mi suonavano improvvisamente falsi, allora avrei potuto fare a meno pure di lei.

Decisi di restare a casa con papà, proseguii l'università, la terminai, entrai come praticante in uno studio di avvocatura. Con quello stipendio avrei potuto benissimo andare a vivere per conto mio, ma non volevo lasciarlo solo. Papà si era spento a poco a poco, l'assenza della mamma gli aveva tolto ogni gioia di vivere. Io continuavo a ripetergli che non aveva colpe, che il suo matrimonio non era fallito, che non era sbagliato il suo modo di amare, che si era trattato di un'orribile farsa, che avrebbe avuto tutto il tempo di rifarsi una vita. E aveva ancora me: io non me ne sarei andata da nessuna parte. Lui mi fissava con gli occhi lucidi, colmi di gratitudine, ma era uno sguardo in cui mio padre non c'era piú.

Una mattina lo trovai sulla sua poltrona preferita, pensavo si fosse addormentato passando la notte lí. Provai a svegliarlo, poi notai la smorfia della bocca.

Stroncato da un infarto fulminante a cinquantacinque anni.

Alla parola «infarto», nella mia mente, sostituii il nome di mia madre.

I parenti si riversarono in casa, perfino la nonna, che al tempo era ancora in sé. Mi abbracciò forte, io le sussurrai in un orecchio: – Dille di non venire al funerale. Non voglio vederla –. La mamma rispettò la mia richiesta e non si fece vedere, ma invece di esserne contenta la presi come la riprova di quanto le fossi ormai estranea, nonostante i continui messaggi che, negli anni, aveva cercato di farmi arrivare attraverso le conoscenze comuni.

Conobbi Claudio poco dopo, avvocato anche lui, mi propose di entrare nel suo studio. Feci tutta la resistenza possibile al suo corteggiamento, sebbene Claudio mi piacesse: quando mi chiese perché, gli raccontai l'intera storia.

– Per questo non credo nell'amore, – spiegai.

– Non vedo perché, – obiettò. – Avrebbe senso che tu non credessi nel matrimonio, al limite, non nell'amore. Di quello, nella tua famiglia, mi pare ce ne sia stato anche troppo.

Non l'avevo mai vista in quella maniera. Non cambiò l'opinione su mia madre, ma su di lui sí.

Andammo a vivere insieme, si trasferí nella casa di mio padre, che mi ostinavo a non lasciare, anche se era troppo vecchia e scomoda per il lavoro. Era come se la stessi presidiando. Come se, rifiutandomi di abbandonarla, una parte di me tentasse di controbilanciare l'abbandono di mamma.

Claudio aveva una sua teoria sulle ragioni per cui ci aveva piantati cosí, diceva che si era assunta tutte le colpe fino in fondo, che non aveva voluto nulla, tecnicamente nemmeno il divorzio.

– Non poteva fare di meglio, Emma. Pensaci, quale alternativa sarebbe stata preferibile? Che rimanesse con voi e continuasse a mentire? Che combattesse con tuo padre per ottenere degli alimenti a cui, per legge, aveva pieno diritto? Che cercasse di portare te dalla sua parte, per metterti contro di lui? Una separazione è di solito un lungo processo che prevede l'attribuzione di colpe, ripicche, accuse e difese. Invece è stata una resa incondizionata, la sua. In cambio ha solo chiesto di essere libera.

Ogni volta che affrontavamo questo discorso perdevo il senno. Non volevo che lui avesse ragione. Era ancora troppo doloroso, per me, cercare di calarmi nei panni di mia madre, capire le sue motivazioni, non volevo comprenderle e non le accettavo.

Qualche tempo dopo, mentre tornavo in auto dallo studio, la vidi uscire dal supermercato. La gamba sinistra cominciò a tremare sul pedale della frizione, fui costretta a fermarmi, provai in quell'istante un bisogno assurdo e infantile di andare da lei. Poi mi accorsi che non era sola, e quando vidi l'amore nei suoi gesti tutto si trasformò di nuovo in rabbia. Non si trattava di volerla perdonare, ma di *poterla* perdonare. E io non potevo.

Sapevo che lei si informava su di me, sapevo che andava a trovare la nonna nel posto in cui eravamo stati costretti a metterla. Mi accertavo sempre che non ci fosse nei giorni in cui le facevo visita io. Sapevo che era stata in ospedale, e che si era ripresa. Sapevo che, dopo un anno e passa, ci era finita dentro di nuovo. Ricominciarono a chiamarmi. Iniziò il suo amico del centro di accoglienza.

– È molto malata, vai da lei, sei sua figlia.

Me la presi con lui, gli chiesi come si permettesse, chi gli avesse dato il mio telefono, minacciai perfino di denunciarlo, quindi bloccai il suo numero. Poi la sua migliore amica venne a cercarmi in ufficio, trascinandosi dietro un cane enorme, e io le intimai di andarsene, con gentilezza e fermezza insieme. Quel tono di mia madre, alla fine, l'avevo imparato anch'io. Mi chiamò l'infermiera dal suo reparto. Disse che dovevo andare, che sapeva come funzionava in queste situazioni, che se non lo avessi fatto non me lo sarei mai perdonata. Precisò che sarebbe comunque toccato a me occuparmi di ogni cosa, al termine di tutto, perché ero la sua parente piú prossima. Le promisi che ci avrei pensato, che sarei andata. Invece non lo feci.

Claudio, la sera dopo, mentre eravamo in camera, si accorse del mio tormento e mi prese le mani.

– Emma, questa situazione sta uccidendo anche te, te ne rendi conto?

Sí, me ne rendevo conto, ma non sapevo come fare. Le radici della mia rabbia di ragazza erano talmente profonde da impedire alla me adulta di estirparle. Ora, all'improvviso, sembrava non esserci piú tempo: come potevo riconciliarmi con mia madre, riaverla nella mia vita, se ero destinata a perderla comunque? Sarebbe servito un coraggio che non avevo piú e non sapevo dove trovare.

Trascorsi la notte sveglia, con la luce sul comodino accesa, fissando il soffitto. Claudio accanto a me mi accarezzava i capelli, poi il sonno, su di lui, ebbe la meglio.

Alle prime luci dell'alba mi voltai a guardarlo, si svegliò con i miei occhi addosso.

– Va bene, – gli dissi, senza aggiungere altro. Mi passò una mano sulla guancia, nello stesso modo in cui faceva mamma un tempo, io mi sciolsi in un pianto che mi sembrò non finire mai.

Ci alzammo insieme, pronti ad andare da lei.

Fu in quel momento che mi chiamò l'ospedale.

Perla

(Un'inflessibilità gentile)

Aveva aspettato la promozione contando i giorni.

Aveva seguito i corsi di formazione, subito dopo il diploma, poi era entrata in patronato come operatrice. Dalla sua, aveva competenze informatiche verificate, di gran lunga superiori alla media dei colleghi, un'eccellente memoria e un'indiscutibile bella presenza. Quest'ultima, alla fine, le era servita a poco, dato che si era occupata prevalentemente di pensioni di invalidità, e a presentare le domande erano quasi sempre parenti disperati, in larga prevalenza donne.

Non era un gran lavoro, la retribuzione era piú bassa di quella che le aveva proposto uno studio di commercialisti della sua zona, ma c'era possibilità di fare carriera, soprattutto se fosse stata disponibile a spostarsi dalla sede locale alla regionale. E Perla lo era.

Il suo primo obiettivo, però, era quello di soppiantare la vecchia direttrice.

Non che volesse farle le scarpe in senso stretto, fra l'altro lei sarebbe andata in pensione a breve, ma voleva garantirsi la pole position per il ruolo e, se possibile, rientrare nelle sue grazie. Il fatto è che a lei la vecchia non piaceva nemmeno un po', aveva quell'aria dolcina d'altri tempi, un'inflessibilità gentile da madre badessa, distribuiva abbracci e conforti non richiesti a ogni caso umano che si presentava in sede, cosa alquanto irritante e contraria al regolamento, e si dilettava a realizzare orribili fiori di carta piegando post-it colorati.

Perla non era cosí: odiava sprecare materiale da ufficio, abbracciare gli invalidi non rientrava nei suoi compiti, a malapena accettava di stringere una mano tesa quando chiudeva una pratica. E che l'avrebbe chiusa non c'erano dubbi, in questo non la batteva nessuno, sapeva elencare i protocolli a memoria ed era la sola che riuscisse a portare a casa il risultato anche se il sistema andava in tilt, cosa che capitava spesso. Ma alla vecchia questo pareva non importare, lei viveva nella convinzione di essere a capo di un ente benemerito, anziché di un servizio pubblico. Invece lí dentro si distribuivano diritti, mica pacche sulla spalla, perché con le pacche non ci mangi, era cosí che la vedeva Perla.

Per un po' se n'era stata buona, aveva sorriso controvoglia tutte le volte che la vecchia si era affacciata nel suo ufficio, ne aveva imitato l'espressione di addolorata comprensione davanti alle tristi storie degli utenti – che poi sembravano sempre le stesse, con pochissime varianti nel copione –, e aveva messo in atto l'antico trucco di accorciare le distanze chiamando le persone per nome: signor Mario, signora Donata, come state oggi?

Una mattina la vecchia era arrivata in ufficio con un vassoio di paste, e Perla aveva capito che era fatta! C'era stato un bel discorso, qualche occhio lucido, i colleghi piú anziani che la invidiavano perché lí dentro sarebbero rimasti tombati per altri anni, mentre la vecchia se ne andava libera come l'aria. Ci vollero un paio di giorni ancora perché sgombrasse la scrivania, e nel frattempo Perla caricava la schermata delle e-mail ogni cinque minuti, pregando di ricevere la comunicazione. Quando la vecchia era venuta a salutarla, l'aveva accolta con un sorrisone, le aveva detto che le sarebbe mancata tantissimo e che aveva imparato tutto da lei, cosa non vera, ma alle vecchie guardie fa sempre piacere sentirsi riconoscere meriti che non hanno. Lei l'aveva abbracciata e Perla aveva sostenuto l'abbraccio.

– Mi raccomando, – le aveva detto uscendo dall'ufficio.

Una raccomandazione! Era buon segno, no? Mezz'ora dopo aveva visto l'e-mail.

Direttrice! Proprio lei! Un aumento di stipendio, la gestione degli orari degli altri e, finalmente, una vera rampa di lancio per poter chiedere, in capo a un paio d'anni, il trasferimento nella sede regionale. Quella sera era rincasata e Fabrizio l'aveva accolta in pompa magna, cenetta thai, una bottiglia di Berlucchi ghiacciata, progetti a lungo e a lunghissimo termine. Lui per il momento faceva l'amministratore di condominio, ma aveva ricevuto un paio di offerte interessanti in campo immobiliare, e se avesse centrato uno o due progetti giusti ci sarebbe forse scappato un gran bel salto di qualità della vita. Perla lo aveva baciato, pensando a quanto amasse l'ambizione del suo uomo, ma sapeva che lei avrebbe fatto di meglio.

Il lunedí seguente si era presentata nel suo nuovo ufficio tirata a lucido, il caschetto nero fresco di parrucchiere, il trucco da gatta a incorniciarle gli occhi, aveva convocato i colleghi e aveva impartito i primi ordini: revisione dell'orario, aspettative in merito ai risultati dei singoli, dress code e comportamento da tenere con gli utenti. Le sue indicazioni erano state accolte da qualche smorfia e alcune sommesse risatine, ma Perla non si sarebbe fatta scoraggiare dall'ostruzionismo di un paio di cariatidi. Aveva rivoluzionato i turni, usando il metodo che aveva appreso durante il corso di formazione, perché non è che chiunque potesse entrare o andarsene quando voleva, se c'era un intervallo di ore andava seguito con scrupolo, non importava se qualcuno voleva uscire con dieci minuti di anticipo per prendere il figlio a scuola o se avrebbe perso l'autobus. La direttrice precedente li aveva abituati bene, elargendo concessioni a chiunque, creando una programmazione del lavoro frammentata e inefficiente.

Il martedí una delle impiegate si era data malata. A Perla era toccato abbandonare la sua postazione per tornare nella vecchia e sostituirla. Il giorno seguente i malati erano due. Perla si era arrabbiata, se l'era presa con le altre impiegate, una delle quali si sarebbe assentata presto per andare in maternità, ennesimo problema da affrontare. A metà mattina avevano già accumulato mezz'ora di ritardo, la gente in sala d'aspetto mugugnava e lei aveva pensato che la cosa migliore sarebbe stata mettere i biglietti da staccare, tipo dal salumiere, ma la collega incinta le aveva cinguettato che per iniziative del genere bisognava fare domanda. La vecchia però non faceva mai domanda per niente, spesso si presentava con antiquati cartelli fatti a mano, per indicare le direzioni dei vari uffici, e ogni mese cambiava il foglio con gli orari di apertura attaccandone uno decorato con stupidaggini stagionali. Diceva che la gente veniva da loro quasi sempre con un po' di tristezza nel cuore, perciò strappare anche solo un sorriso era una buona cosa. A due settimane dal subentro di Perla in veste di direttrice, in quell'ufficio non sorrideva piú nessuno. I colleghi avevano preso l'abitudine di dare la sua mail agli utenti insoddisfatti. Quando se n'era accorta, aveva tuonato contro di loro davanti all'intera sala d'attesa, ma l'impiegato piú anziano, quello che aveva aspettato la pensione della vecchia pensando che finalmente sarebbe toccato a lui, le aveva detto che pure rispondere alle lamentele rientrava nelle sue mansioni, lo diceva la normativa. Il venerdí della sua terza settimana come direttrice era giunto il sostituto, fresco di laurea e del tutto privo di qualunque cognizione del lavoro che era venuto a svolgere. Perla si era fermata con lui l'intero pomeriggio, perché i colleghi se n'erano andati esattamente alla fine del proprio orario, senza deroghe, come aveva stabilito lei.

– Qua dentro mi odiano tutti, – aveva confidato al neolaureato. E subito lui, per ingraziarsela, aveva iniziato a sorriderle cosí tanto che lei, se avesse potuto, lo avrebbe licenziato. Purtroppo non poteva. E non poteva applicare rigore a quell'ufficio, come non poteva aspettarsi standard elevati, come non sarebbe riuscita a lavorare serena fino alla sua prossima richiesta di trasferimento. Era talmente ingiusto. La ragione era dalla sua, non c'erano dubbi, facendo alla sua maniera le cose avrebbero funzionato meglio per chiunque! E allora aveva ripensato alla vecchia, che l'ufficio lo faceva filare comunque, anche se magari nel modo sbagliato.

Aveva cercato il suo numero e le aveva chiesto se potessero trovarsi per un caffè, senza nemmeno fingere di volerle parlare di altro che non fosse il lavoro. La vecchia si era presentata fresca come una rosa, piú bionda che mai, sembrava piú giovane di lei.

– Sei stata bravissima, hai resistito quasi un mese prima di chiamarmi! – aveva esordito.

Perla aveva lasciato che gongolasse, non le importava.

– Guarda che quando sono stata promossa direttrice io, ho chiamato il mio ex capo tutti i giorni per un anno. Può non sembrare, ma passare dall'altro lato della barricata è piuttosto difficile. E la responsabilità non fa per tutti.

– A me la responsabilità piace! – aveva protestato Perla. – Non ho problemi a prendere decisioni, non ne ho a beccarmi le mail di protesta a cui 'sti quattro stronzi mi costringono a rispondere. Però non potrò cambiare niente, se mi fanno la guerra. Anche se immagino che lei sarà d'accordo con loro.

– Ma proprio per niente, – l'aveva sorpresa la vecchia. – Hai ragione tu.

Perla rimase imbambolata.

– Che significa che ho ragione io?

– Le tue sono ottime idee. Ed è vero che certe cose funzionerebbero meglio, se fatte in maniera diversa. L'intoppo, però, sta nella famosa differenza fra la teoria e la pratica. Cioè, tu hai delle persone che poi queste cose le devono fare, con tutti i loro limiti. Si tratta della variabile umana, hai presente?

– Sí, ma a me non interessa. Il nostro è un lavoro tecnico, che ha a che fare con i numeri, le pratiche...

– Ma i numeri e le pratiche sono comunque in mano alle persone, – aveva detto. – Per esempio, prendiamo te.

– Me?

– Tu sei sempre stata bravissima, ineccepibile. Con il difetto, però, che accetti solo moduli perfettamente compilati. Se mancava una sciocchezza qualsiasi facevi tornare l'utente.

– Com'era giusto! – si era infervorata Perla.

– Se si fosse trattato di un oggetto difettoso, sí. Ma da una persona, spesso fragile e spaesata, tu non hai il diritto di aspettarti la perfezione.

– Sí che ce l'ho, – si era accalorata Perla. – Da me, per esempio, me l'aspetto.

– Ma tu non sei fragile come loro. Da Gianni, Serena, Alessandra la perfezione non puoi aspettartela. Non hanno mai fatto niente in maniera perfetta. Possono migliorare, non dico di no. Ma non lo faranno con i tempi che pretendi, – aveva detto, col suo tono mellifluo ma fermo. – Vuoi alzare gli standard? Fallo poco per volta. Vai loro incontro. Vuoi orari ordinati? Inizia con chi è piú disponibile, piú elastico, e pian piano estendi agli altri. Non avrai mai l'orario perfetto, ma avrai un orario migliore, e non avrai mai un ufficio perfetto, o impiegati perfetti, ma avrai un clima migliore. E risultati migliori. Che verranno riconosciuti a te.

Perla ci aveva riflettuto un attimo.

– Quindi, per far andare meglio le cose, devo dirigere male l'ufficio?

– Sí, cara, – aveva detto l'altra, – proprio cosí. Per far bene devi sbagliare.

Aveva guardato la vecchia con aria di sfida.

– Non attaccherò i fogli degli orari con su i disegni delle stagioni!

La vecchia aveva sorriso.

– È lecito non volerlo fare.

– E farò domanda per uno di quei dannati affari che distribuiscono i numeri, non importa se per averlo mi ci vorranno tre mesi, seguirò il protocollo alla lettera.

– Piú che giusto.

– E niente pasticcini, dolcetti o stronzate varie, siamo in un ufficio, non al bar, si facciano bastare la macchinetta.

La vecchia le aveva allungato la mano.

– Andrai benissimo.

Dopo un attimo di esitazione Perla l'aveva stretta, e tra i denti aveva masticato un «grazie». Mentre si stava allontanando aveva sentito la voce della vecchia che le diceva: – E ricordati che Michela il mercoledí pomeriggio vuole andare a pilates per dimagrire, guarda che ci tiene! Recupererà il giovedí!

Aveva aspettato di uscire dalla sala e poi, senza volerlo, aveva sorriso.

Angela
(La cosa migliore che mi poteva capitare)

La ragazza è sul cornicione, i discorsi del padre e del fratello che la chiamano sembrano non servire a niente. Non servono mai. Tutti chiedono dov'è la madre ma la madre non si trova, pare abbia il cellulare spento. Per un attimo, m'immagino la conclusione. «Signora, sua figlia si è buttata dal tetto, abbiamo provato a contattarla, ma».

I vigili del fuoco e i paramedici non cavano un ragno dal buco.

La ragazza è sul cornicione e trema, nonostante oggi sia caldo, continua a ripetere che vuole farla finita, il vestito verde che indossa ondeggia al vento e le scopre le gambe abbronzate.

È stata un'anziana vicina a dare l'allarme, perché ha visto la ragazza sul tetto. Il padre è stato avvisato da una telefonata della polizia mentre era in casa davanti al Tg5.

Non conosco i motivi della ragazza, qualcuno ha parlato di una delusione d'amore, a guardarla capisco solo che non resterà dov'è a lungo. Quindi tocca a me. Odio quando tocca a me, perché significa che non c'è nessun altro.

La scena si svolge cosí.

Le racconto che oggi sono felice, perché è avvenuto il passaggio anagrafico e il cambio di foto sui miei documenti. Qualcuno alle spalle mi sussurra che non si parla di felicità ai potenziali suicidi. Io penso: scusa, se non ne parli a loro, a chi?

Le dico che da oggi sono finalmente un'agente, ma che la mia gioia si può vedere solo scritta. Attiro la sua attenzione, mi chiede che vuol dire, mi avvicino di un passo. Le spiego che è perché, da oggi, non sono piú un agente, ma sono un'agente, e la mia vittoria è tutta in quell'apostrofo. Le mostro la carta d'identità. Sono un'agente e non sono piú la sola a dirlo, non lo dicono i miei genitori o i miei parenti, i miei amici o le psicologhe del consultorio. Lo dice lo Stato italiano, adesso. Lo dicono il dipartimento della Pubblica sicurezza e il corpo di polizia.

Le racconto che mi hanno chiamata al maschile per anni, anche mentre ero in caserma, anche mentre ero in servizio, anche mentre sapevano che sentirlo era, per me, un'inaccettabile violenza. Che ho dovuto fare il giuramento in pantaloni, quando le altre lo hanno fatto in gonna. Le racconto delle battute sulla voce, ancora oggi, perché gli ormoni agiscono sul corpo e sulle forme, ma col resto fanno piú fatica. Le dico che negli ultimi cinque, lunghissimi anni ho imparato a lasciar stare, a non tentare di far cambiare idea a chi non voleva vedere chi ero, a tenere le mie energie per me. Le dico che la *a* sulla mia carta d'identità è tutto ciò che volevo, ma che quegli stronzi che mi hanno presa in giro per anni – compreso quello che mi ha detto: «Dio ci fa in un modo, e a te ti ha fatto col cazzo, niente cambierà questo fatto» – sono stati la cosa migliore che mi poteva capitare. Perché senza di loro avrei probabilmente mollato. Invece ho tenuto duro anche per dimostrargli che avevano torto. E per ridergli in faccia oggi.

Le dico che non so se siano discorsi che convincono la gente a scendere dai cornicioni, ma che io alla sua età mi sentivo una merda in un corpo sbagliato e oggi invece mi sento una merda nel corpo giusto, che non so se risulti incoraggiante per lei, ma a me pare già un miglioramento. La faccio ridere. Quando ridono hai aperto una crepa, ma una crepa, da sola, non basta mai.

Io mi sento una merda sbagliata nel corpo sbagliato, dice. Magari lei mi amerebbe se fossi un'altra, aggiunge in un filo di voce. Le dico che non funziona cosí, lei mi chiede come lo so. Le dico che io adesso sono un'altra, ma il ragazzo che mi schifava prima mi schifa anche ora. Sorride appena. Allora non c'è speranza, dice lei. Forse no, dico. O forse sí. Ma nessuna di noi due lo scoprirà su un cornicione. Andiamocene insieme da qui, dico, facendo un altro passo. Non sarebbe bello se, per una volta, alla faccia dei film con Bruce Willis e delle favole e di quella puttanata di *Titanic*, fosse una donna a salvarne un'altra? Pensa che figata, le dico, io e te che scendiamo abbracciate, seno contro seno, mentre la gente sotto applaude. Le dico che non può rovinarmi questa giornata.

Mi guarda, mi chiede come mi chiamo. Angela, le dico. Angela, ripete lei, io sono Martina. Piacere, Martina, dico. Restiamo in silenzio a fissarci, il vento le agita i capelli, sono pronta a buttarmi su di lei ma sono ancora troppo distante. Lo sappiamo entrambe. Lei guarda in alto, poi di nuovo me. Allora vieni a salvarmi, Angela, dice, facciamogliela vedere a quegli stronzi che ti prendevano in giro.

Mi avvicino di un altro passo, lei mi tende la mano, la afferro, me la tiro addosso con uno strattone, qualcuno in strada urla. Hai due belle tette, Angela, dice prima del pianto. Restiamo abbracciate cosí, per qualche secondo, in un silenzio irreale. Non ci ha applaudite nessuno però, dice. Già, dico, ma pensa a quanti stronzi staranno fischiando le orecchie. La sento ridere piano.

Scendiamo dal tetto ed entriamo dalla finestra, il padre e il fratello dicono cose.

Qualcuno urla che la madre ha riacceso il telefono.

Daisy

(Faccio da sola)

«Faccio da sola!» era una delle frasi che Darous ripeteva piú spesso.

Suo padre la guardava con gli occhi che ridevano, gli piaceva vederla cosí forte, indipendente, e poi quella piccoletta che correva di continuo, nei pochi metri quadri in cui viveva una famiglia di sette persone, era l'unica ragione per sorridere.

Non erano arrivati sui barconi, non avevano attraversato il mare rischiando di annegare in quel nero, ad aspettarli c'erano due cugini con il permesso di soggiorno. Ma era stata durissima lo stesso.

Per i primi anni, Darous non si era accorta di nulla.

Era una bambina in mezzo ad altri bambini, non si curava dei suoi vestiti, né della sua origine, né si chiedeva da dove provenisse il cibo che mangiava.

Solo con l'inizio della scuola elementare cominciò a far caso a quanto diversa fosse dalla maggior parte dei coetanei. Ma era altrettanto vero che ce n'erano parecchi come lei, la pelle anche piú scura della sua, con capelli talmente crespi che non si riuscivano nemmeno a pettinare. Lei invece aveva imparato prestissimo a farsi le treccine. Se la mamma si avvicinava per aiutarla, Darous le rispondeva stizzita: «Faccio da sola!»

In terza elementare, un giovedí mattina, andò dalla maestra al termine dell'intervallo.

– Potete chiamarmi Daisy, invece di Darous? – disse. – Perché il mio nome lo pronunciano tutti sbagliato, Daisy almeno è facile e lo capiscono pure i bambini delle altre classi.

La maestra ne parlò con i genitori, e due sere dopo il papà le chiese cosa ci fosse che non andava nel suo nome.

– Non c'è niente, – rispose la bambina, – ma sono stufa di correggere gli altri e litigare sempre. Daisy è piú semplice.

Era un ragionamento cosí lineare che i suoi non trovarono motivo di opporsi.

Perciò, da lí in avanti, Darous scomparve e ci fu solo Daisy.

Daisy che studiava, che si impegnava a fondo, che lavorava sodo al punto da ottenere il pagellino d'oro al termine dell'anno scolastico per due volte. Daisy che sapeva parlare bene l'inglese, quando sua madre a malapena aveva imparato l'italiano, Daisy che per il compleanno chiese l'apparecchio per raddrizzare i denti storti. I suoi le dissero che costava troppo, che non potevano permetterselo, lei spiegò che un suo compagno era andato in ospedale, dove per certe persone c'erano prezzi speciali.

Davanti a quella possibilità, il padre abbassò gli occhi. Daisy no.

Le dispiaceva vederlo soffrire per il suo essere povero, ma lei non intendeva cedere. I denti diritti facevano sempre una bella impressione, anche sugli insegnanti.

Alle medie, senza preavviso, Daisy fiorí d'un colpo.

Si era alzata tantissimo, le era cresciuto il seno, si era arrotondata nei posti giusti. I capelli ormai lunghi, raccolti in centinaia di treccine sottili, i denti quasi del tutto allineati le donavano fascino. Certo, c'era chi le diceva le solite cose: «Negra, torna a casa tua», «Lavati», c'era chi la vedeva passare e si grattava la testa imitando una scimmia; ma Daisy se lo aspettava, non era niente di nuovo, era già successo ai suoi due fratelli prima di lei.

Un giorno, in cortile, un compagno di classe cercò di difenderla da alcune ragazzine che la bullizzavano, lei gli si mise davanti.

– Faccio da sola! – urlò.

Attese in corridoio la biondina che comandava il gruppo, avanzò sicura e sferrò il primo schiaffo, poi se le diedero per bene. La dirigente scolastica convocò i genitori. Per l'intera durata dell'incontro Daisy non abbassò mai lo sguardo, mentre l'altra ragazzina piangeva perché la madre le aveva detto di vergognarsi e di chiedere scusa. La mamma e il papà di Daisy restarono zitti per quasi tutto il tempo.

Due anni piú tardi superò l'esame di terza media con il massimo dei voti, ora oltre all'inglese conosceva anche il tedesco. Non si illudeva di poter andare in un liceo, perché non avrebbe portato a uno sbocco concreto.

Scelse un istituto a indirizzo commerciale, in biblioteca si iscrisse a un gruppo Facebook della sua città, lí chiese se qualcuno avesse una vecchia bicicletta da regalarle per andare a scuola, disse di essere molto povera. Quando il padre lo scoprí, si sentí profondamente umiliato, la madre la rimproverò per questo. Una bicicletta loro avrebbero potuto procurargliela, suo fratello maggiore guadagnava addirittura abbastanza, ormai, da potergliela comprare.

– Che si tenga i soldi, io da lui non la voglio, – ribatté Daisy scocciata.

La bicicletta era rossa, da donna e col cestino davanti, vennero a portargliela a casa perché lei aveva detto di non avere nessuno che la accompagnasse a prenderla. Fu la novità che cambiò tutto.

Daisy la mattina si alzava alle sei, si preparava con cura, prendeva la sua nuova vecchia bici e andava a lezione. Trascorreva il pomeriggio in biblioteca, rientrava solo per cenare e dormire. I genitori non le chiedevano niente dei voti, col tempo smisero di chiederle anche del resto.

Daisy si era fatta qualche amico e aveva avuto un paio di ragazzi, non tanto perché le interessassero davvero, quanto perché non voleva essere da meno rispetto alle altre. Visto che era la migliore della classe, qualcuna iniziò a invitarla a casa per fare i compiti, lei accettava sempre con degnazione, come se ogni volta fosse costretta a disdire chissà quale appuntamento importante.

Per il suo quindicesimo compleanno, la mamma le chiese cosa volesse. Daisy non ebbe alcun dubbio.

– Un telefono! – disse. – Mi va bene pure un modello vecchio, basta che abbia una scheda e possa ricevere i messaggi.

La mamma gliene prese uno con i punti del supermercato, tante amiche le cedettero anche i loro perché non dovesse sborsare troppi soldi. Daisy ringraziò e le diede un bacio. Poi le disse che quel telefono era l'ultima cosa che avrebbe ricevuto da loro. Che li amava, che era loro grata, ma che desiderava una vita diversa, e che quella vita se la sarebbe costruita con le proprie forze.

Continuò ad andare a scuola in bici e a studiare, a partire dai sedici anni cominciò a servire in un bar. Si rivolse a un parrucchiere esperto in ricci e investí parte dei suoi guadagni per farsi tingere i capelli di un rosso aranciato, che nella sua immaginazione sarebbe stato il primo passo verso una nuova Daisy. Il passo seguente fu non usare piú il proprio cognome in pubblico: «Mansouri» divenne «Masuri». Il suo piano di emancipazione procedeva ma, sebbene dimostrasse piú della sua età, Daisy sapeva di dover aspettare i diciotto anni per potersi affrancare del tutto dalla famiglia.

Lasciò che venissero a scuola il giorno del ritiro del diploma, chiese loro di stare in fondo e di non fare troppo baccano quando avrebbero chiamato il suo nome. Fecero come aveva detto.

A partire dall'indomani, iniziò a segnarsi le offerte di lavoro, perché adesso che era maggiorenne bramava un posto nella società, un posto che fosse solo suo, di Daisy Masuri. Darous Mansouri, col suo passato ingombrante, le discriminazioni subite e il nome storpiato, sarebbe diventata definitivamente un ricordo.

L'estate scivolò via tra vari lavoretti, nulla di stabile, nulla che sarebbe durato con la stagione fredda. E gli annunci di nuovi impieghi erano troppo vaghi, nessuno che facesse onore ai cento centesimi che aveva preso uscendo da scuola. Era sempre stata convinta che la volontà l'avrebbe portata dovunque, che fosse l'unica cosa a contare. Aveva voluto essere la piú brava della classe e lo era stata. Aveva voluto scegliersi il nome e lo aveva fatto. Aveva voluto essere una persona diversa dalla sua famiglia e lo era diventata.

Ma, nel mondo del lavoro, la volontà non bastava. Per il mondo del lavoro lei era ancora Darous Mansouri, era nata nera e nella parte meno fortunata del pianeta, il pezzo di carta che si era portata via dalla scuola non serviva a superare il colore della pelle, né l'espressione di chi se la trovava davanti durante un colloquio.

Le chiesero di essere «carina». Le chiesero di accettare mansioni al di sotto delle sue capacità. Le chiesero di prendere meno soldi degli altri. Ogni sera tornava a casa con i denti piú stretti, le spalle piú tese, si chiudeva in camera dicendosi che la volta seguente sarebbe andata meglio, che presto o tardi avrebbe fatto il salto.

Non successe niente per due lunghissimi anni.

Accettò lavori a termine, sfruttamenti travestiti da stage, contratti a tempo determinato, se ne andò da un paio di posti sbattendo la porta, finché un giorno non vide una pubblicità su un cartellone: parlava di intraprendenza e di voglia di cambiare il mondo.

Trascrisse il numero di telefono e fissò un colloquio. A intervistarla fu una donna con il doppio dei suoi anni.

A metà dell'incontro, senza alcuna ragione apparente, la donna cominciò a parlarle in inglese. Daisy rispose a tono. La donna proseguí in tedesco e Daisy fece lo stesso. Al termine si strinsero la mano.

– Dovrei dirle che le faremo sapere, ma non voglio farle perdere tempo.

Lei ritirò la mano, pronta a incassare l'ennesima delusione.

– La assumiamo per sei mesi, – disse invece la donna. – Se tutto andrà bene, il secondo contratto sarà molto piú lungo.

Daisy era incredula.

Ringraziò, sorrise il giusto, la donna le disse che l'avrebbe aspettata il lunedí successivo nella loro sede distaccata. Il sorriso di Daisy non vacillò, quanto poteva essere distaccata, l'altra sede? Avrebbe preso un autobus, due autobus, quattro o cinque se fosse servito. Ma, quando consultò la mappa, si rese presto conto che non c'erano autobus che si spingessero laggiú. Forse esisteva una navetta per i dipendenti, magari sarebbe bastato che arrivasse fino a un certo punto, ragionevolmente vicino, e poi avrebbe incontrato quel servizio. Ma nel dépliant della ditta non c'era scritto nulla in merito.

Daisy non aveva ancora preso la patente. Non si trattava di una falla nel suo piano, è che non aveva mai avuto ragione di prenderla, visto che non aveva una macchina. Rincasò sentendosi le gambe di piombo. Entrò in silenzio, superò la cucina, dove erano riuniti gli altri, andò in camera da letto. Dopo un paio di minuti sentí bussare piano alla porta.

– Ho sonno, – rispose d'istinto, per essere lasciata in pace, ma sua madre entrò lo stesso.

– Che succede, Darous? – le chiese sedendosi sul letto.

– Niente.

– Hai problemi con il nuovo lavoro?

Daisy si tirò su, la fissò.

– E che ne sai, tu, del nuovo lavoro?

Sua madre le sorrise.

Le spiegò che, anche se aveva detto che non voleva ricevere piú nulla dalla sua famiglia, questo non significava che loro avessero smesso di occuparsi di lei. Erano rimasti un passo indietro, per rispettare la sua volontà, però mai troppo distanti. E la città aveva tanti occhi. Pensava sul serio che l'avrebbero lasciata a sé stessa? Che non avrebbero vegliato su di lei? Tutti loro le erano stati accanto, da lontano, di nascosto, ma comunque sempre presenti. E sapevano bene che quella proposta per lei era importante, lo avevano capito subito.

– Non c'è nessun lavoro, *maman*, perché ci devo andare in macchina e io non ho né la patente né la macchina, – disse la ragazza. – E non voglio arrivarci sul furgone di papà, perché poi… – si interruppe. Non sapeva come dirlo, ma sua madre aveva capito.

– Non ci arriverai su un furgone, *ma petite*.

Daisy si morse le labbra.

– Comincio lunedí.

La madre annuí.

– Lunedí è tanto tempo, – disse.

Lasciò la stanza e andò a riferire in cucina. Daisy sentí che parlavano a bassa voce, anche se non riusciva a capire le parole, continuò a sentirli finché non cadde addormentata.

Il lunedí mattina, sua madre la svegliò presto e Daisy si vestí con il cuore in tumulto.

Non aveva chiesto, non aveva voluto chiedere.

Uscendo dalla palazzina, si trovò davanti una Punto bianca. Al volante c'era una signora bionda, piú vecchia di sua madre.

– Sali, – disse la donna. – Ti porto io, però mi dovrai dare indicazioni, perché non appena esco dalla mia zona mi perdo.

Daisy non la conosceva, ma ringraziò e accettò di farsi accompagnare.

La signora bionda la portò al lavoro ogni mattina, per tutto il primo mese, poi tornava indietro di corsa per andare al lavoro anche lei.

La sera Daisy andava a scuola guida.

Lungo il tragitto, durante i loro viaggi, tra le sette e le otto, le due chiacchieravano come vecchie amiche, nonostante la differenza d'età. La donna di tanto in tanto interrompeva Daisy e le diceva di guardare bene quello che faceva mentre lei guidava, perché è vero che a scuola le avrebbero insegnato, ma molto avrebbe fatto l'abitudine.

Quando Daisy ottenne il foglio rosa, il mattino trovò la signora bionda al posto del passeggero.

– Avanti, facciamo un po' di pratica, – disse.

Il primo viaggio fu un disastro, il secondo accettabile, il terzo quasi piacevole.

Il giorno in cui superò l'esame di guida, Daisy trovò solo l'auto con le chiavi infilate nel cruscotto, la signora bionda era in piedi davanti al portone di casa sua.

– Dici che la tua bella mamma me la fa, una tazza di tè?

– Ma la macchina? – chiese Daisy.

– È tua. Anzi, è di tua mamma, – disse la signora. – Ci siamo conosciute tramite un amico di un centro d'accoglienza, lei ogni tanto viene a dare una mano ai nuovi arrivati, te l'aveva mai detto?

Daisy non lo sapeva, né l'avrebbe mai immaginato.

– Ha spiegato al nostro amico comune che tu avevi bisogno di un'auto per andare al lavoro, – proseguí la donna, – e siccome io e la mia coinquilina abbiamo appena traslocato e abbiamo una macchina in piú…

Daisy si morse le labbra per trattenere le lacrime.

– Non c'è niente di male a chiedere aiuto, sai? – disse la donna.

– Non è questo… – mormorò Daisy.

– Non c'è niente di male nemmeno nel resto. Tutti, alla tua età, abbiamo sentito di voler prendere le distanze da qualcosa. Ed essere orgogliosi non è un peccato.

Il portone si aprí, la madre della ragazza si affacciò e fece entrare la signora bionda, entrambe salutarono Daisy, poi sparirono all'interno della casa.

Daisy salí sull'auto e, con grande cautela, percorse la strada fino all'azienda.

Il giorno dopo si recò in amministrazione e chiese se poteva avere un nuovo cartellino col nome.

– Perché? – disse l'uomo del personale.

– Perché il mio nome è scritto sbagliato, – disse Daisy, gli occhi sul rettangolino plastificato che stringeva fra le mani.

– Sbagliato? Come sarebbe, sbagliato? – chiese l'uomo.

La ragazza sollevò la testa, lo guardò fisso, si avvicinò al bancone.

– Il mio nome è Darous Mansouri, – disse.

Stamattina non riuscivo a trovare le scarpe nere.

Le ho cercate ovunque: nel ripostiglio, dietro l'armadio, sotto il letto, fuori sul balcone, ma niente. Sembravano scomparse. Sono scoppiata a piangere quando ho pensato che me le ritrovavi sempre tu, come facevi con gli occhiali e le chiavi dell'auto. È solo una delle centinaia di cose che non farai piú per me.

Non mi leggerai piú Isabel Allende, la sera prima di addormentarti, non mi farai piú i massaggi ai piedi durante le puntate di *Downton Abbey* sul divano, non mi preparerai piú le polpette di melanzane il venerdí, non aprirai piú le bollette impilandole in ordine sul davanzale della finestra all'ingresso. Io non ti dirò piú «grazie», non ti dirò piú «scusa», non lascerò piú l'asciugamano umido per terra solo perché mi piace sentire la tua voce che mi sgrida, non infornerò piú biscotti senza glutine. Non ti terrò piú la mano al buio, stesa su una poltrona dura, per paura che durante la notte tu scivoli via da me.

La vita di chi resta, alla fine, non è che questo. Un insieme di «non».

Mezzetti ha ricominciato a parcheggiare l'auto proprio sotto la nostra finestra. E la Silvestrin, ogni settimana, mette fuori l'umido nei giorni sbagliati. Il risultato è che abbiamo un sacchetto puzzolente fisso davanti al cancello del condominio. Non so perché te lo dico, forse perché mi manchi persino in questo. Manca il tuo modo di condurre con grazia, di far loro notare quanto fossero incivili, il tuo desiderio di prenderti a cuore le piccole faccende di convivenza, col tuo piglio gentile e deciso insieme. Ti bastava un'occhiata, ti bastava un sorriso, per piegare il mondo. Mentre io, da sola, non ce la faccio. Non sono mai stata capace di sostenere lo sguardo o le ripicche delle persone.

Non me lo dovevi fare, sai? Pensavo di essere preparata, ne ero convinta, ma non era vero. Non potrò nemmeno piangerti quanto meriteresti, dovrò farlo in segreto, oppure in silenzio. Perché la gente non capirebbe mai: il lutto per una coinquilina non può essere lo stesso che porti per l'amore della tua vita.

Ventuno anni insieme, Mira mia, senza poter mai dire la verità.

Perché se cominci con le bugie, se la paura ti costringe a nasconderti, non è che puoi smettere all'improvviso. Ti ci abitui, una goccia dopo l'altra, un giorno alla volta, fino a quando recitare non diventa la tua condizione naturale. E noi ci siamo rassegnate, nel tempo, a essere considerate solo una zitella e una vedova che condividevano un appartamento per risparmiare. Due signore in là con gli anni che, agli occhi degli altri, hanno scelto di essere coinquiline per farsi compagnia. Ci siamo abituate a diventare trasparenti, a renderci invisibili, anche per sottrarci al rancore di chi ha scelto di uscire dalle nostre vite, come se la nostra decisione fosse stata un torto fatto a loro. Abbiamo cambiato cinque appartamenti, per questo motivo. Nessuna voce ci ha mai raggiunto, nessun sospetto, anche se tu mi lasciavi ogni mattino un fiore di carta in cucina, che realizzavi con cura la sera in ufficio. La nostra tranquillità ci è sempre sembrata piú importante del dover dimostrare qualcosa agli altri, alla società, perfino a noi stesse. Non avremmo potuto trasformare il nostro rapporto in una battaglia col resto del mondo. Il nostro amore è stato sempre e solo affar nostro.

Però, sai?, la settimana scorsa è successa una cosa, non ho fatto in tempo a dirtela. Ero alla fermata del 52 e sotto la pensilina, assieme a me, c'erano due ragazze che si tenevano per mano. Una aveva i capelli rosso fuoco, la pelle bianca e lattiginosa. Di cera. L'altra credo fosse indiana, sai quelle ragazzine con gli occhi scurissimi e profondi e la carnagione cosí bella? Comunque, a un certo punto, l'autobus è arrivato, le porte si sono aperte e le due ragazze si sono baciate. Proprio come le due di cui mi avevi raccontato tu a inizio estate, sotto casa nostra, ti ricordi? Però stavolta c'ero io. E insomma, mentre le osservavo, per un attimo ho pensato a cosa ci siamo perse per il nostro desiderio di voler restare al sicuro. Per esempio un lungo bacio appassionato, alla luce del sole, senza nessun timore. Senza alcuna vergogna. Perché non ci dovrebbe essere vergogna nell'amore. A vergognarsi, semmai, dovrebbe essere chi dai finestrini del bus le guardava come se in loro ci fosse qualcosa di sbagliato. Ma alle due ragazze non importava. Si baciavano e continuavano a ridere. Ed è lí che mi è venuto in mente che forse la nostra generazione sarà l'ultima costretta a nascondersi, a dover subire il fuoco del pregiudizio altrui. A dover barattare la libertà con la sicurezza.

Ti ricordi, Mira mia, quando ti chiamavo Miramòr, e a te sembrava il nome di una pensione romagnola a una stella? Ecco, io adesso quella stella voglio vederla brillare. È dalla sera in cui te ne sei andata, in quella camera d'ospedale, la tua mano nella mia, che sono stata colta dall'irrefrenabile desiderio di dire a tutti che ti amo, voglio urlarlo al mondo, in piedi sulle sedie, correre un rischio decisivo. Perché, come si dice?, non c'è nessuno piú pericoloso di chi non ha piú niente da perdere. Ed ero pronta a farlo, senza piú paura o pudore, proprio il giorno del tuo ultimo saluto.

Stamattina non riuscivo a trovare le scarpe nere. Allora ho deciso di indossare quelle argento. Tu mi prendevi un po' in giro, ogni volta che le mettevo, le chiamavi «le scarpette ortopediche di Cenerentola», poi mi cantavi *Salagadoola mechicka boola* e allora io ridevo nel modo in cui solo tu sapevi farmi ridere. Quali calzature migliori, ho pensato, per venire al nostro ultimo incontro. Per dichiarare a tutti il mio amore per te.

Ci ho pensato fino a pochi minuti prima, ci ho pensato cosí tanto che sono arrivata in ritardo, proprio il giorno del tuo funerale. Ho parcheggiato lontanissimo, perché mi sono detta che camminando avrei accumulato coraggio. Mi sono affacciata sulla piazza, decisa, ma mentre la attraversavo sentivo le forze che pian piano mi abbandonavano, e mi sono bloccata. Ho cominciato a guardarmi attorno. C'era cosí tanta gente, Mira mia, quasi da spaventarmi, ed era tutta lí per te. Oltre a quelli che ti amavano e che sono stati a trovarti in ospedale, c'erano anche persone che non avevo mai visto, altre invece che mai mi sarei aspettata di incontrare. Una ragazza adolescente con i capelli cortissimi e neri, le orecchie piene di buchi, un anello sotto il naso, accanto alla figlia dei vicini del quarto piano che, al solito, pareva uscita dalla copertina di una rivista femminile. La signorina che ha preso il tuo posto in ufficio, dal caschetto impeccabile, fresco di parrucchiere, che continuava a controllare l'orologio e sembrava lí per sbrigare una formalità. Una ragazza alta e dall'aria fiera, vestita in maniera appariscente, forse poco consona all'occasione, che piangeva in silenzio, di fianco a lei la poliziotta accorsa sul tetto in quel giorno terribile.

Ed è stato lí, in un pomeriggio di ottobre, sopraffatta da questa varia umanità, sotto un cielo che minacciava pioggia, che ho incontrato per la prima volta tua figlia.

Quando mi ha vista, il suo viso è cambiato. Sapevo cosa stavo rischiando, ma non intendevo fermarmi. Mi sono avvicinata alla chiesa, titubante, lei mi si è fatta incontro, poi ha cominciato a correre, è arrivata a pochi centimetri da me e mi ha urlato: – Non è questo il tuo posto! – e io ho pensato che volesse mandarmi via. Non lo ritenevo giusto, ma avrei compreso. Lo avrei fatto, ancora una volta, solo per quieto vivere. Mi sarei allontanata, o ti avrei salutata rimanendo fuori dalla chiesa. Non avrei mai calpestato il dolore della tua bambina col mio. Non l'avrei messa in imbarazzo con il mio patetico piano che, d'un tratto, mi è sembrato vile ed egoista, come se stessi approfittando di te dopo la tua morte.

Mi sono pietrificata, pronta a sentire da lei il resto, invece tua figlia ha allungato la mano verso di me, io l'ho guardata senza capire, poi l'ho stretta, per istinto o educazione o non so.

– Non è questo il tuo posto, – ha detto di nuovo, stavolta con voce piú calma. – Il tuo posto è dentro, in prima fila, accanto a me e alla nonna.

Mi sono sollevata il velo, anche se stavo piangendo, per poter ammirare i suoi occhi chiari. Ti somiglia cosí tanto, Mira mia, fiera e dolce insieme. Ci siamo abbracciate forte. I suoi capelli hanno lo stesso profumo dei tuoi.

Entrando in chiesa, mentre ci avvicinavamo all'altare, ho tenuto il velo su per tutto il tempo, non avevo piú paura di mostrare le mie lacrime.

Mi sono seduta sulla prima panca, proprio accanto a tua madre, lei mi ha vista e mi ha detto: – Mimmi, finalmente! – e mi ha accarezzato la guancia. Io mi sono girata verso tua figlia, lei ha capito e ha annuito con la testa, allora ho guardato la tua mamma, le ho stretto la mano fra le mie, le ho detto: – Mammina, sei contenta che sono qui?

– Ti sei divertita, in colonia? – ha detto. – Guarda come ti sei invecchiata, non devi piú stare via cosí a lungo!

– Non andrà piú da nessuna parte, – ha detto la tua bambina.

Dopo siamo restate in silenzio. Eravamo due donne che condividevano un dolore e un segreto, e una terza che aveva appena ritrovato una figlia, anche se non era la sua.

Il prete ha cominciato a parlare, ma io non sentivo piú niente. Vicino a te, sopra la cassa, c'era una piantina di rosmarino. L'ha portata Aurora, l'inquilina del terzo piano, quanto ti voleva bene, quando l'ha posata mi ha cercato con gli occhi, credo volesse la mia approvazione. Io l'ho guardata e ho sorriso. Un'ora piú tardi, la piantina l'abbiamo lasciata al cimitero, appoggiata sul marmo bianco, proprio accanto alla tua foto. Nel vederla il custode ha detto: – Questa qui non teme niente, nemmeno l'inverno!

Prima di andarmene, dopo il lungo giro di saluti, una signora piccola e un po' curva mi ha affiancato. È quella che aveva il marito malato, con cui parlavi spesso nel corridoio dell'ospedale, i giorni in cui andavi a fare le terapie, te la ricordi di sicuro. Si chiama Alma. Mi ha consegnato una busta gialla, aveva le mani che tremavano, come se mi stesse affidando un tesoro.

– È per lei, – ha detto. – La legga quando potrà –. L'ho ringraziata, l'ho abbracciata e sono tornata verso l'auto.

Ho guidato per un po', sono arrivata a casa che era già sera. Sono entrata, ho buttato la borsa per terra, la busta gialla è scivolata sul pavimento. L'ho raccolta e l'ho aperta. Mi aspettavo il solito bigliettino di condoglianze. Invece conteneva una lettera d'amore, indirizzata da una donna a un uomo. Cominciava con il rammarico della donna per non essersi conosciuti da bambini.

L'ultima frase diceva: «Sai, una cara amica mi ha detto: scrivigli lo stesso, riuscirai sempre a trovarlo nelle tue parole, è lí che il tuo amore continuerà a vivere. E allora ho deciso che, da qui in avanti, ti terrò in vita cosí».

Ho posato la lettera, mi sono abbandonata sul divano, ho chiuso gli occhi nel buio. Dopo un po' mi sono alzata, sono andata in cucina, ho acceso la luce. Mi sono accorta che sul tavolo c'era ancora il tuo ultimo fiore di carta.

Mi sono seduta e ho cominciato a scriverti.

Nota al testo.

La citazione in esergo a p. 3 è tratta da Murakami Haruki, *L'incolore Tazaki Tsukuru e i suoi anni di pellegrinaggio*, trad. di A. Pastore, Einaudi 2015.

La citazione «Anche a inciampare si fa un passo avanti» alle pp. 19 e 26 è tratta da https://twitter.com/olli__gu/status/761172697434976256

La citazione a p. 53 è tratta da *King of Pain*, testo e musica di Gordon Matthew Sumner © 1983 (Renewed) Songs of Universal Inc. Tutti i diritti riservati per tutti i Paesi. Riprodotto su autorizzazione di Hal Leonard Europe Bv (Italy).

La citazione «È meglio avere amato e perso, che non avere amato mai» a p. 72 è tratta da Alfred Tennyson, *Canto XXVII*, in *In memoriam*, trad. di C. Dapino, Einaudi, Torino 1975.

La citazione a p. 105 è tratta da *Albachiara*, testo e musica di Vasco Rossi © 1979 by Warner Chappell Music Italiana S.r.l. Su licenza di Warner Chappell Music Italiana S.r.l.

I racconti *Alma*, *Maddalena*, *Brunella* e *Aurora* nascono dalla rielaborazione di alcuni testi originariamente apparsi sulla rivista «F».

Indice

*Questo libro è stampato su carta contenente fibre certificate FSC®
e con fibre provenienti da altre fonti controllate.*

FSC
www.fsc.org
MISTO
Carta da fonti gestite
in maniera responsabile
FSC® C115118

*Stampato per conto della Casa editrice Einaudi
presso ELCOGRAF S.p.A. - Stabilimento di Cles (Tn)*

C.L. 25448

Edizione							Anno			
16	17	18	19	20	21		2023	2024	2025	2026